カモフラージュ

松井玲奈

CONTENTS

本文デザイン／坂野公一（welle design）
写真／ Ziqian Liu

カモフラージュ

ハンドメイド

色とりどりのビー玉が円を描いて器に落ちてくる。からからから、ことん。また一つ。数が増えれば増えるほど円は大きくなっていく。広がっていくうねりを眺めながら、器の中で私は佇(たたず)む。これは何なのか。どうしてここにいるのか。ぼんやりとした感覚の中で、自分自身が本当に存在しているのかさえ、酷(ひど)く曖昧(あいまい)で。確かなのは、頭上から絶えずビー玉が落ちてくることだけ。

そんな夢をよく見るようになった。

いつもより荷物が重い日が好きだ。お昼のお弁当の他に、もう二つ、別のお弁当を持って行く日。そのお弁当は、彼と二人で夜に食べる用。

会える日は普段より早く起きて、お弁当の準備をする。自分の分だけなら前日の残り物で十分だ。実際、今日のお昼のお弁当は昨日の晩ご飯の残り物。豚の生姜焼(しょうがや)きと、炊き込みご飯。

台所に立っていると、制服のパンツに白シャツ姿の弟が起きてきた。大欠伸(おおあくび)をしながら、どうしたらそんな風になるんだという独創的な寝癖を手櫛(てぐし)でなんとかしようとしている。私はしょうがないなあと、お湯で湿らせ軽く絞ったホットタオルを渡してあげた。

「ほら、これで寝癖直して」

短くお礼を言って、タオルを頭にのせる弟の姿は温泉に浸かった猿みたいで愛らしい。温かさに、はーと息をつく姿がよく似合う。

「朝ご飯は？」

「んー、適当にたまごかけにして食べる」

「了解」

夜のお弁当には冷めても美味しいものを詰めるのが私のポリシーだ。そして、冷凍食品は使わない。

今日のメニューはオムライス。手の込んだものをとも思ったけれど、この前、彼がオムライスを食べてみたいと言っていたから。チキンライスがいいか、ケチャップライスか、それともバターライスか。メインのご飯の味付けで随分と印象が変わるから、何がいいか聞いたけど「なんでも。あっこちゃんが作るオムライスが食べたい」と言われてしまった。

そこからが大変だ。美味しいオムライスとはどんなものだろうかと、私のお昼のお弁当は数日間オムライスになった。

研究を重ねた結果、冷めても美味しいのはケチャップを使ったチキンライスだった。お弁当にして持ち歩く時、卵の上にかけたケチャップが崩れる可能性がある。中のご飯にケチャップで味をつけてしまえば、どこを食べても卵とケチャップの味がする美味しいオムライスになる。

卵を三つボウルに割り入れ溶いている時、弟が声をかけてきた。

「姉ちゃん、弁当作ってんの？」

ここからが一番大事な時だっていうのに。私は振り返りもせずにそうだよ、と返事をした。

「何、彼氏に作ってんの？」

「なんだっていいでしょ」

「俺知ってるよ。姉ちゃんが早起きする日は、彼氏と会う日だって」

そっと流し込もうとしていた卵液をドバッとフライパンにあけてしまった。

「ちょっと！　あんたが変なこと言うからびっくりしたでしょ」

振り返ると、弟がニヤニヤした顔でこちらを見ていた。

「帰りが遅いのも、母さんたちには飲み会って言ってんだろ。大丈夫、大丈夫、黙っといてやるから」

そのニヤニヤした顔にムッとして、思春期特有のニキビに悩まされてしまえ！　と私は念を飛ばした。

「早くご飯食べないと、朝練遅れるんじゃないの？」

弟は思い出したように時計を見て、ヤッベと大騒ぎしながら茶碗にご飯をよそい始めた。

「後片付けしてあげる代わりに、この話秘密だからね」

茶碗の中をかき混ぜながら弟は何度も頷いて、ご飯をかきこんでいた。その姿がまだ子供で微笑ましい。

私はケチャップ味のチキンライスを卵の上にのせてくるくると巻く。完成したそれは、綺麗な楕円形で我ながらいい出来だった。小さめのフライパンを使ったから、お弁当箱のサイズにもぴったりだ。付け合わせにポテトサラダ、キャロットラペと、ブロッコリーを添えたら完成。

たまごかけご飯をかきこみ終わった弟が、ちらりと弁当箱を覗いて「うまそう」と呟いた。

「ほら、早くしないと遅れるよ！」

そう言いながらも、褒められる仕上がりになっていることに胸をなでおろす。

昼休み、同僚のしおりと食堂でランチをするのが日課だ。私が先にとっておいた席にトレーを持って現れる。彼女はいつも日替わり定食を食べている。今日はカツカレーだ。そのせいか食堂中がカレーの匂いでいっぱいだった。

「カツカレーって気分じゃないのにさ、ついてないよね」

「じゃあ、日替わりやめればいいのに」

「いいのー」

不満を漏らしながら満更でもない顔をして、しおりはカレーを口に運ぶ。彼女が言うには、一人暮らしは自分の好きなものを好きな時に食べることができるから、日替わりを頼むことで、気分じゃないのに食べなくてはいけない実家の食卓を思い出せるんだそうだ。わかるようでわからないこだわりだと思う。

私はしおりの美味しーいという言葉を聞いてから、蓋を開け、いただきますと手を合わせ自分のお弁当を食べ始める。生姜焼きの匂いがプンと漂って、昨日の食卓が思い起こされた。豚肉は水分を失って、表面には白い脂が点々と浮き上がっている。何度か噛んでやっと肉が湿り気を帯び、豚の味が染み出してきた。

食べたくないのに食べる、か。今夜のお弁当は彼のリクエスト。彼の食べたいものは、私の食べたいものだ。そんな自分の感情が少し嬉しかった。

「なになに。なんで笑ってんの」

「え?」

「ニヤニヤしてたぞ。さては彼氏のことか」

「違うよー」

「違うくないな。いいなーあきこは」

ああ、まずい、地雷を踏んでしまった。しおりはスプーンでカツカレーのお皿をコツコツと叩きながら混ぜている。綺麗に分かれていたご飯とルーがぐちゃぐちゃになって、カレーで汚されていく。

「あきこはいいよー、幸せそうで。私なんかさ、この前また約束ブッチされたんだよ」

しおりは眉間にしわを寄せて、あからさまに不機嫌な顔だ。

「あんまり大きい声で話さない方がいいんじゃない？」

私が声を潜めると、だってと彼女は豪快にカツを頰張る。ざくりと音がした。

「ほら、どこで誰が聞いてるかわからないんだし。ね？」

「そうだけどさ。でも社内の人じゃないんだから、いいでしょ」

「まあ、そうだけど……」

私の主張は簡単に打ち消されてしまう。炊き込みご飯を食べて、喋ることを一旦放棄した。頭の中では最近よく見る夢が浮かんでいる。ビー玉が降ってくる夢だ。頭の中がからからとうるさい。

「息子が熱出して、奥さんが困ってるから早く帰らないといけないって。その前は、奥さんが友達と出かけることになったから、息子の面倒見なくちゃいけなくなったって。奥さんよりないがしろにされるのは最初からわかってたことだし、納得できるけど、息子を出されちゃうとさ、より惨めになるよ」

「彼は奥さんに敵わないんだね」

ポツリと言った一言を彼女はしっかりと拾った。

「嫁が嫁がって、めっちゃ尻に敷かれてんの。そのくせ不倫する度胸はあるって、精神状態どうなってんだよって感じだよね」

声のボリュームをさらに上げるしおりに向けて、私は人差し指を口の前に立てる。

「そのワードはダメ」

しおりはふくれっ面だ。

「しおりの印象に関わるでしょ。よくないよ」

私はできるだけ優しい声色で、カレーで汚れたスプーンを握りしめている彼女の右手に自分の左手を重ねた。

彼女は小さく頷いて、ごめんねと呟く。賑やかな食堂の中でしょんぼりと肩を落とす姿に、恋する女の子の面影を見た。

私たちはまだ二十四歳だ。自分たちは大人になったつもりでも、人生の先輩たちからはまだまだ子供扱いをされる微妙な年齢だと思う。

少女と女性の明確な区切りがどこにあるのかわからないけれど、私たちはきっと、まだその狭間にいる。

昼休みが終わる頃、デスクで一息ついていると机の上のスマホが震えた。画面に表示されたHの文字に胸がいっぱいになって、私はすぐさまメッセージを開く。お弁当を食べていた時の頭の中のビー玉の騒音はもう夢の中に帰って行ったみたいだ。

『今日のご飯は何？』

『夜までのお楽しみです』

『秘密かあ。いつもありがとう。楽しみにしてるね』

『会えるのも楽しみにしてます』

『僕も』

そのやりとりだけで胸が躍る。今日を楽しみに、私は二週間毎日をやり過ごしていたんだ。楽しみすぎて、逆に夜が来ないで欲しい。

林田(はやしだ)さんからのメールを開いて、メールの画面とドアの番号を指差して確認をする。部屋の前で、髪の毛を手櫛でとかすと、会社を出る前に吹きかけた香水がふんわりと漂った。

ほんの数時間前まで社内で顔を合わせていたのに、今日の私は変じゃないだろうかと、スマホの画面の反射を使って、身だしなみを入念にチェックする。リップがはみ出てはいないだろうか。唇も潤っているし大丈夫。可愛(かわい)くいる努力は全部した。

はやる気持ちを抑えながら、ゆっくりと部屋のチャイムを押してみる。間の抜けたピンポーンという音の向こうでバタバタと音がする。

扉を開けて出てきた林田さんは、ネクタイを外したワイシャツ姿で、歯ブラシを咥えていた。

「こんばんは」

彼は私のその言葉に応えるように頭をぽんと撫で、腕をとって笑顔で部屋に招き入れた。

荷物を下ろす背後では、そわそわした空気が漂っている。私はわざと焦らすようにゆっくりと荷物を整理して、身だしなみを整える素振りをした。

耐えきれなくなったのか、突然林田さんがじゃれつくように抱きついてきた。私の全身は一瞬で林田さんの匂いと熱に包まれて、幸せが体の底からじんわりと湧き上がってくる。

喜びと恥ずかしさがせめぎ合い、天秤の恥ずかしさ側が下がった時、私は耐えられなくなって口を開いた。

「歯磨き終わらせてからですよ」

林田さんは歯ブラシを咥えたまま、うんと頷いてバスルームへと消えて行く。

私の持ってきたカバンとトートバッグ。その中には二人分のお弁当が入っている。

このオムライスを彼は喜んでくれるだろうか。

ホテル特有の乾燥した空気と独特な石鹸の匂いを胸いっぱいに吸い込んで、音が聞こえそうな自分の心臓を落ち着けると、少しだけ林田さんの残り香がした。

林田さんが戻ってくるまでの落ち着かなさをどうにかやり過ごそうと、トートバッグを持ってベッドの脇にあるソファに腰をおろした。体が沈んでしまいそうな柔らかさに身を全て委ねたくなる。

戻ってきた彼は、私だけに見せてくれる満面の笑みで、手を広げていた。ゆっくりと立ち上がって、彼の腕の中に入り込む。また林田さんの匂いに包まれた。胸に鼻を押し当てて息を吸う。僅かな香水の匂いと彼自身の匂いに頭がぼんやりとした。

「来てくれてありがとう」

彼はなんの躊躇いもなく、私のおでこにキスをする。

「お腹空いてる？」

林田さんの腕に包まれながら、彼のことを見上げた。下からでは表情の全部を把握できない。

「もちろん」

「今日はね」

食べたいって言ってたものを作ってきたよと言うのがどうにも恥ずかしくて、笑ってごまかそうとしてしまう。……林田さんは自分の言ったことを覚えているだろうか。気まぐれで言った言葉じゃなかっただろうか。考えると急に不安が押し寄せてくる。

「今日は何？」

「食べたいって言ってたものです」

林田さんは私の言葉を頭の中で反芻（はんすう）しているようだった。少しの時間差のあと、パッと笑顔になり、私はまた強く抱きしめられた。

「わざわざ作ってきてくれたの」

「うん。食べたいって言ってたから」

ありがとうの言葉の代わりに頬にキスの嵐を受けた。くっつけられた肌はヒゲがちょっとだけ伸びていて、チクチクと私の頬を刺すから、くすぐったくて腕の中で笑いながら身をよじって逃げようとした。

「口に合うといいんだけど」

頬にヒゲの感触を残したまま、彼から離れトートバッグの中からお弁当を二つ取り出した。

赤と青のペイズリー柄のバンダナで包まれた大きさの違う二つの弁当箱は、ラグジュアリーなホテルの黒いテーブルの上にはあまりにもミスマッチで非現実的だ。

窓の外には高層ビルが立ち並ぶ。閉め切られたカーテンの向こう側には無数の窓の明かりが光り、地上では誰かをどこかへ運ぶ車が行き交っているはずだ。

　ソファに座り、二人でお弁当を眺め、顔を見合わせて笑い合った。それだけでよかった。どんな豪華なディナーより、このちぐはぐな空間で二人で食べるお弁当が一番のご馳走だった。

　林田さんはいろんな角度からお弁当を眺めている。冷めちゃうよって言い掛けてやめた。ここは温かい食事が並ぶ食卓ではなく、ホテルの一室だ。私の持って来たお弁当は最初から冷めている。

　お弁当を手にして笑う横顔はとても嬉しそうで、愛おしさがこみ上げてくる。好きだ、とまた思った。その手も、指先も、短く切り揃えられた爪さえも。本当はこの瞬間を写真に収めたい。

「あっこちゃんのオムライスか」

　林田さんはきちんと手を合わせていただきますと言ってから、オムライスをすくった。卵を三つ使って、牛乳を加えた卵の部分は分厚くて、プラスチックのスプーンを入れた時にぷつっと破れる弾力感がある。そこからご飯と一緒にすくい上げる。黄色とチキンライスの赤みのあるオレンジ色がこの部屋の中で一番鮮やかな色だった。

　一口の大きさに男性らしさを感じてしまう。

「どう、かな？」

「うん、美味しいよ。すっごく」

彼の満面の笑みに私はホッと胸をなでおろした。自分も一口、すくって食べてみる。冷めていても、バターの風味が鼻に抜けて美味しい。卵に牛乳を加えてよかった。そのおかげでふんわりとした食感が口の中で特別感を演出してくれる。

「いつもご飯を持ってきてくれてありがとうね」

「全然いいんです。一緒に食べたいだけだから」

「でも、これ会社に持って行ってるんでしょう？　荷物にならない？」

「このくらいなんてことないですよ」

それならよかったと、彼はまた大きな一口でオムライスをすくう。

「オムライスってさ、うっすい卵がのってるのばっかり食べるから、これは卵がふわふわで新鮮だなあ」

「そうなんですか？」

「うん。チキンライスのケチャップの味は安心感あるよね。土曜日のお昼って感じ」

「林田さんの家は、休みの日にオムライスが多かったんですか？」

「そうだね、最近休みの日はオムライスが多いかな」

「……。私はね、子供の頃は焼きそばが多かったかな。お昼になると、ソースの匂いがしてきて。今でも、ソースの匂い嗅(か)ぐと、あ、休みの日のお昼だって感じちゃう」

そういう記憶と匂いのリンクは不思議だ。いっぺんにその時代や、瞬間に連れて行ってくれる。懐かしいとか、美味しかったとか。林田さんの中ではオムライスが休日の味なんだと初めて知った。私のオムライスも記憶の中に残してもらえるだろうか。

「じゃあ、今日はオムライスじゃない方がよかったんじゃないですか？」

「え？　なんで？」

「だって、休みの日に食べることが多いなら」

「そんなこと気にしなくていいんだよ。僕は、あっこちゃんのオムライスが食べられて嬉しいんだから。それに、すっごく美味しいし」

気がつけばオムライスはあっという間に半分になっていた。

「そっか。なら、よかった」

私はにっこりと笑ってみせた。さっきまで自分でも美味しいと思っていたオムライスは、冷めたバターとケチャップのせいで、胸焼けがした。

家に帰って、空っぽの弁当箱を三つ、水を張った洗い桶(おけ)に浸ける。雑に洗剤を流し込んで、水の中に洗剤の筋がゆらゆらと揺れるのをじっと眺めた。

夢のような時間はあっという間だ。どれだけ今日を楽しみにしていたか、自分が一番よく知っているのに、始まってしまえば一瞬で、あっけなくて。いつも傷を負って帰ってくる。

弁当箱についたケチャップのオレンジ色は綺麗に取れるだろうか。色移りしないといいな。

洗い桶の中を人差し指でかき混ぜると、泡立ちはしないけれど、ゆっくりと、水に滑(ぬめ)り気を感じる。スポンジに洗剤を足して、弁当箱を一つ取り出した。林田さんの使った弁当箱を泡立ったスポンジでこすると、泡がわずかにオレンジ色に色づいた。

台所の流しの電気だけを点(つ)けてそこに一人で立つ。まるでスポットライトみたいだなと思ってしまう。暗闇の中に、そこにだけ光が射(さ)している。でも、私は主役にも林田さんのヒロインにもなれていない。彼の人生の中で、私の立ち位置はどこなんだろう。どんな配役で名前が書かれているんだろう。

オレンジ色は私の心配をよそに簡単に流されてなくなった。心配する必要は何もなかった。はじめっから汚れなんてなかったかのようにキュッとプラスチックの音が響いた。

家族を起こさないように、こうして流し台に立つことがあと何回あるだろうか。洗い終わった弁当箱を食器棚の奥にしまう時、もう使わないかもしれないと思ってしまう自分と、早く次がくればいいのにと思う自分がせめぎ合う。誰かにあほくさって背中を蹴(け)り飛ばしてもらいたい。

あれから何度もビー玉が夢の中に出てくる。ぐるぐると回っては、落ち、回っては、落ち。器の中に溜まっていく数がどんどん増えて、夢の中の私は押しつぶされてしまいそうだ。そんな夢のせいか、最近は眠りが浅い。お昼時、急に眠気が襲ってきてうつらうつらしてしまう。

「ねえ、林田さん、今日もバッチリ彼女のお弁当食べてた」

その一言に弾かれるように私の眠気は飛んでいった。目の前には日替わり定食のエビフライで右の頬を膨らませたしおりがいる。

こんもりと盛られたキャベツの千切りの横に、小ぶりなエビフライが二本。横にはやけに水分の出たトマトが添えられていた。

「毎日自分のデスクできちんと手を合わせてさ、いただきますって。なんか可愛いよね、ちょこんとしてて」

「いつも確認してるの？」

「だって、私のデスクと近いんだもん。食堂に来る時にいつも通るからさ、今日ね、話しかけたの」

私は紙コップの水をグッと飲み干した。

「彼女のお弁当ですか？　って。そうしたら、照れ臭そうにそうなんだ、って。はー、林田さんの彼女って幸せなんだろうな」

「そうだね。林田さん、優しそうだもんね」

でしょ！　っとしおりは力強く言った。しおりの背後に座っていた何人かがこっちを振り返り、私は今日も人差し指を口の前に立てる羽目になる。

流石に声が大きかったことに気がついたしおりは、振り返り、すみませんと小声で謝りペコペコした。

「それはさ、どんなお弁当なの？」

「えっとね、なんだったかな。ちゃんとは見えなかったけど……コロッケとか、ウインナーとか、そんな感じだったかな」

「ふーん」

私は自分の弁当の中のさつまいもの甘露煮をつまみ上げた。蜂蜜でコーティングされた表面はつやつやと光って、黄色が鮮やかだ。

「多分、あれは冷凍食品だと私はみる」

「え、そうなの？」

しおりは声を潜めて、多分、と言った。

「あのコロッケ、私も好きな冷凍食品のコロッケだったから。彼女の手作り弁当っていうけど、中身は冷凍なのね。それでも幸せそうにニコニコしながらいただきますしてるんだよー。いや、いいよね」

「毎日作って持たせてくれる、心遣いが嬉しいんじゃない」

「私もそんな風にしたいなー。ま、できないけど」

しおりはいい音を立てながらエビフライを嚙み切った。サクサクと衣の音が気持ちいい。

「うーん。やっぱり揚げ物は揚げたてに限るね」

「……しおりはさ、彼とどうやってご飯食べてるの？」

「え？　普通に外で食べたり、あとは、家に来たりしてるかな」

「家か」

「なに？　彼氏を家に呼びたいの？」

「いや、そういうわけじゃないよ」

あきこは実家だもんね、なかなか難しいか、としおりが言った。私の家に林田さんが来てくれることはあるんだろうか。不毛すぎて、考えたこともなかった。

林田さんが帰って来る時間に合わせてあたたかな晩ご飯の支度をする。家のチャイムが押されたら、私はエプロンをつけたままバタバタと玄関に向かう。ドアを開けるとそこには彼が立っていて「ただいま」と言うところまで想像したけれど、あまり幸せな光景には思えないのはなぜだろう。

「でもそろそろ紹介してもいいんじゃないの。彼氏とは仲良くやってるんでしょ」

「……うちは親が厳しいから。もう少ししてからかな」

「あ、ねえ。そういえばあきこの彼氏ってどんな人なの？　私、顔見たことないよ」

ギクリとした。今までも何度か聞かれたことだった。しおりは好奇心に満ちた目でこちらを見ている。

「彼、写真嫌いだから、見せられるようなものないんだよね」

「前もそう言ってたけどさ、一枚くらいあるでしょ？　それか今度こっそり撮って見せてよ。ねえ」

しおりには私と林田さんの関係は伝えていなかった。ただ、両思いの人がいるということしか言っていない。それをしおりは彼氏だと思っている。

彼女が不倫をしているという話を聞いた時、悩みを聞いて返す言葉は、全部自分に戻ってくる気がして怖くなった。誰かの一番になれないことを悩むのは不毛なことだと突きつけられているようだった。

私が彼と撮った写真はたった三枚のチェキだけ。スマホに自分の写真が残るのを嫌がるから、じゃあと私が家からチェキを持って行った。カシャッとボタンを押せば、インスタント写真が出てくる。これならいいでしょ？　お願い、って言って撮らせてもらった、たった三枚の思い出。

「お願い。スマホじゃないからいいでしょ？」

「でも、写真に残るのはさ」

「私だけしか見ないから。これがあったら寂しくても、林田さんの顔が見られるから。お願い」

最初は渋っている様子だったのに、寂しくてもという言葉が彼の心を動かしたらしい。

「いつも寂しくさせちゃってごめんね」

彼は私の頬を軽くつねってみせた。そしていいよ、と短く答えた。

いざカメラを向けて二人で自撮りをしたら、林田さんの方からじゃれてきてくれた。顔をぎゅっと寄せてみたり、頬にキスされたり。まるで高校生のプリクラみたい。これじゃあブレちゃうよと言っても、彼はそれをやめなかった。

最後の一枚は彼だけの写真。その写真が私の一番のお気に入りだった。林田さんが私に向けてくれる笑顔は、会社では見られない二人の時だけの特別な笑顔だ。その一瞬を切り取って持っていられる喜び。閉じ込めて独占している気分。

きっと林田さんが知ったら怒るだろうけど、私はそのチェキを手帳に挟んで持ち歩いている。どこかに落とさないようにって気をつけてるけど、心のどこかで社内で落としてしまえばいいのにと考えているのも事実だ。

林田さんとの名前のない関係。

「私たちってどんな関係なんですかね」

一息で聞いてしまえば、すぐに答えが出るであろうことなのに、私は怖くて聞くことができなかった。

毎日会社で顔を合わせている、上司と部下。

休みの日は顔を合わせることのない、知り合い。

ホテルで会っている時は、なんだろう。

人にこの関係の話をすれば浮気相手とか、セフレって言葉が返ってくるんだろう。別に他人からそう言われることは苦しくもなんともない。けど、林田さんからその言葉を言われたら……考えるだけで頭がクラクラしてしまう。

たまたま、私の方がタイミングが遅かっただけなんだ。出会うのがもう少し、もうちょっとだけ早ければ、林田さんと私は正しい関係であったと思う。

「私たちってどんな関係なんですかね？」

ベッドの中で微睡(まどろ)む時間。彼の背中を撫でながら私は聞いてしまった。口にしたあと、急に頭の中がクリアになって、後悔が押し寄せてくる。

「ごめんなさい。今のは忘れて」

早口で言って、ぎゅっと背中に抱きついた。林田さんの背中は温かくて、触れた部分から自分の体が熱せられたチョコレートみたいに溶けてしまいそうだ。

「忘れちゃうの？」

こちらを振り返る林田さんの顔が、いつもより味気なく感じたのは、メガネを外しているからか。さっぱりした顔だけど、その薄さも好きだ。でも、今は目を合わせるのが怖い。

回した腕を解かれて、ベッドの中できちんと前から抱きしめられた。今度は胸に顔を埋（うず）める。彼の心臓の鼓動はとてもゆっくりだ。

「あっこちゃんと僕の関係ですか……」

頭の上に林田さんの顎（あご）が触れている。降ってくる声は、眠たげで、その声色が心地よくなってしまう。

恐る恐る彼の胸から顔を離して様子を窺（うかが）うと、優しくこちらを見る視線とぶつかった。

「そうですね。……傷つかない？」

ぎゅっと唇を噛んだ。私は首を縦にも横にも振ることができなかった。林田さんはおでこにキスをして、長く息を吐いた。

「そうだね。名前をつけるのは難しいな。簡単な関係じゃない気がしてて」

彼は目をつぶった。

「でも、恋人だと思いたい」

「え？」

思わず声が出た。恋人という言葉を頭の中で何度も何度も繰り返した。

恋人。私は林田さんの恋人なんだろうか。

「恋人で、いいんですか？」

「あっこちゃんは嫌？」

私はブンブンと首を横に振る。私が一番欲しかった言葉。安心できるお守りのような言葉。それを林田さんの口から聞けて、鼻の奥がツンとした。

「そんな頭振ったら取れちゃうよ」

林田さんは笑いながら、私の首筋を優しく撫でてくれる。触れられた場所は今度は溶けることなく、幸せが溢(あふ)れ出してきそうだ。足からも、お腹からも。全身から。

「あっこちゃんは、僕の恋人。とっても大切な恋人です」

「でも……」

「でも、だね」

恋人という言葉でつながれたことも、でもという一言で察してしまえることも、全部が愛おしくて憎たらしい。こんなにも理解し合えているのに、どうしてちゃんとした形にはなれないんだろう。このホテルの部屋を出てしまえば、私たちは恋人でもなんでもなくなる。ただの上司と部下だ。今はその事実に目を背け、この四角い部屋の四角いベッドの上で、身動きの取れない恋人ごっこをしている。

シーツのしわだけが、私たちのこの関係を一瞬だけ現実にしてくれる。

彼女のいる人と付き合うなんて絶対にしないと思ってた。不潔で、不純で、ありえないことだと思っていた。けれど、そこに足を踏み入れてしまうのは、自分が想像していたよりずっと、簡単なことだった。小さな水溜まりをひょいっと飛び越えるくらいに。ただ、その水溜まりは、行きは簡単に飛び越えられるのに、振り返れば大きな湖に変わってしまっていることに気がついていなかった。

「最初はさ、奥さんがいるなんて知らなかったんだよ。いい感じになって、これは付き合えるかもって思ってたのにさ。しかも、やった後にそれ言うわけ。ずるくない？」

付き合う前と後、どちらに体を許すか、そこにも大きな問題がありそうだけど、今の論点はそこではない。しおりの彼が実は既婚者だったってことを打ち明けたタイミングにある。

「それはずるいよね。しおりは怒ったの？」

「そりゃあもう。言う順番おかしくない？　って、まくらでボッコボコにした」

なんとも彼女らしくて、深刻な話題ではあるのに思わず笑いそうになる。

この話を聞いたのももう随分と前のことになる。季節が一周回って、今日と同じような気温の日に喫茶店でこの話をしたことをふと思い出した。

「奥さんが里帰り出産してる間で、寂しくてって。でも君のこともちゃんと好きなんだって」

「で？」

「でって？」

しおりはキョトンとした顔で聞き返してきた。耳元には私が見たことのないピアスが光っていた。

「しおりは、その人とどうするの？」

「どうするのって……」

彼女は俯いて、バツが悪そうにもじもじとした。その姿は自分がしたいたずらを見とがめられて拗ねている子供のようだった。

ここ数ヶ月で、急に女らしさが増したとは思っていた。夜もよく一緒に食事に行っていたのに、その回数が自然に減っていた。だから覚悟はしていたけれど、まさかそれが不倫だとまでは予想していなかった。

「まだ関係を続けようと思ってる」

「……そっか」

「え？ そっかで終わり？」

見開いた目がこちらを、もっと言うことがあるでしょと言いたげに見ていた。

「しおりが選んだのならそれでいいと思うし、二人の問題でしょ？」

そのピアス、似合ってるねと言うと、彼女は愛おしそうに耳を触りながらはにかんだ。笑って細くなった目と、薄い唇から覗く小さな歯にはなんだかんだ幸せが滲(にじ)んでいる。

私に何かを言う権利はない。この時にはもう、林田さんとの関係が始まっていたから、彼女が今抱(いだ)いている気持ちが痛いほどわかった。

「でも、深入りしすぎるのはよくないよ。ほどほどにね」

「わかってるって。好きだけど、子供がもうすぐ生まれて奥さんが帰って来るんじゃ、勝ち目ないよ。だから、ちょっとした火遊びくらいに構えて付き合っていくことにしてる」

「彼にはそれ言ったの？」

「言えるわけないよー」

しおりはヘラヘラと自虐的に笑ってみせた。まるで自分を見ているみたいで、同調して笑った。

「あーあ。私にも子供できちゃえばいいのに」

しおりが腕をぐーんと伸ばしながら言う。その格好はシックな喫茶店の内装には不釣り合いだ。のけぞった姿から少し色気を感じるのも、しおりが女として少なからず満たされているからなんだろう。

「何言ってんのー」

「だってずるいでしょ。私にも子供ができたら、法律上は婚姻関係じゃなくても、事実上奥さんと同じラインに立てるわけでしょ？　そうしたら私にもチャンスあるかなとか、同じラインにいるって安心感を感じられそうじゃない？」

でも、彼が自分を選んでくれなかったらどうするのと私は言えなかった。火遊びと言っているけれど、しおりが話す姿はあまりにも夢を見ていて、上から垂れた一本の細い蜘蛛（くも）の糸にしがみつこうとしているみたいだったから。そして、私も同じ種類の糸にすがろうとしていた。

オフィスのフロアには、向かい合わせにデスクが並び、それが全部で三列ある。しおりのデスクは私のデスクから二列向こうだ。そして、その向かい側に林田さんのデスクがある。デスクの隙間（すきま）から、チラチラと彼の姿が見える。黙々とパソコンに向かう姿。ちょっと猫背で、時折、ずれたメガネを直す仕草が好きだ。

仕事の合間に、彼の姿を盗み見る。それくらいしか会社の中では関わりはない。意識してそれ以上の関わりは持たないようにしている。

しおりと話したことを思い出したのは、彼女が自分の席でぐーんと伸びをして、のけぞったあとこちらを見てきたからだ。ペタンとしていた彼女のお腹が、最近膨らんできている気がしていることを、私は胸のうちにしまっている。

もし、林田さんとの間に子供を授かるなんてことがあったら、彼はなんて言うんだろうか。浮気相手を孕(はら)ませたなんて、世間から最低の男のレッテルを貼られてしまう。いや、浮気をしている時点で既にそうか。そして、それは私も。

彼は今日も、お昼になれば彼女のお弁当をカバンから取り出し、手を合わせて食べ始めるんだろう。私のお弁当は、次はいつ食べてもらえるだろうか。

出入り口の近くにあるコピー機の前で、資料が出てくるのを待ちながら、ぼんやりとしていたら、オフィスに入って来た林田さんと目が合った。一瞬、ニコリと微笑みかけそうになったけど、それをグッとこらえてぺこりと会釈をした。これが、社内での私たちのコミュニケーションの限界だった。

お弁当の中には今日も冷凍食品が入っているんだろうか。冷凍庫から出して、レンジで温めるだけ。即席のお弁当を彼は嬉しそうに食べる。私のお弁当を食べるのと同じように。

どんなに手が込んでいても、そうじゃなくても同じなのかもしれない。

林田さんは即席のお弁当も寛容に受け入れる男なんだ。もし、私がお弁当の中に冷凍食品を入れたって、彼は何も言わないだろう。気づきもしないかもしれない。いつもどおり、作ってくれてありがとうと言って、笑顔で美味しいって食べるんだ。きっと。

私の尽くしてあげたいという行為が、ただの自己満足に感じてくる。お弁当を作ることで保っていた自分の足場が、音を立てて崩れていくような気がした。

ポケットに入れたスマホが震える。振動のパターンで誰からの連絡かはすぐにわかる。

『今週の木曜日はどうですか』

私はカレンダーも見ずにすぐに返信をした。

『もちろんです』


またいつもの夢を見た。ビー玉が上から落ちてくるあの夢。もう器の中にビー玉は入りきらない。

「疲れてる？」

低くこもった声が落ちてくる。一緒にいる時はほとんどスマホを触らない林田さんが、珍しくスマホを見始めたから、拗ねて寝たふりをしたつもりが、どうやら本当に寝てしまっていたらしい。今見なくてもいいじゃないか。思い出したくない感情にチクリと胸が痛んだ。

「ううん」

キャミソールから出た腕にうっすらと鳥肌がたつ。静かにさすりながら立ち上がり、椅子（いす）にかけていたワンピースを摑（つか）んで、袖（そで）を通す。その様子をチラチラと確認しながらも、林田さんはスマホを手から離さない。

「仕事ですか？」

「……ちょっと見なかったらたくさん連絡きてて」

そっかと短く返事をしながら、慣れた手つきでコンパクトな立方体の冷蔵庫から水を出す。どうしていいホテルって軟水が置いてないんだろうと思いながら、硬水の入ったペットボトルの蓋を開け、引き出しから取り出した透明なグラスに注（つ）いだ。

「飲みますか？」

「うん。喉（のど）渇いた」

薄暗く、乾いた空気のこもった、生活感のないホテル。この四角い部屋の中にいる時は確かに存在している関係なのに、扉一枚隔てた向こうへ出たら、途端に透明な水みたいになる。

ぼんやりとグラスの中の水を見つめる。容器の中に入っていれば、向こう側が見えるのに、こぼしたら取り返しがつかない。大きなシミになって広がっていく。けれど見つかる前に拭（ふ）き取ってしまえば、なかったことになるんだろうか。拭いたタオルも、干せば乾いてしまう。

初めの頃は、グラスいっぱいの気持ちだったけれど、この乾燥した部屋の中にいることで、私も少しずつ蒸発しているのかもしれない。

テーブルにグラスを置き、林田さんの座っている柔らかいソファに私も腰掛ける。ありがとう、と一言あった後、ぐいっと水が飲み干された。私もゆっくりとひと口含む。じわっと口内に広がる水分は、一瞬にして喉の奥に吸い込まれ、わずかな湿り気だけが残った。

「疲れてる?」

さっきと同じ質問が飛んでくる。

「そんなことないですよ。目を閉じてたら寝ちゃったみたいで」

「あっこちゃん、一緒の時寝ることあんまりなかったから」

「うーん、最近忙しかったからですかね。林田さんはいつもしたあとは眠そうだからなあ」

ちらっと林田さんに視線を送ると、私の皮肉に気がついてくすりと笑った。社内で目が合ってもこんな風に笑うことなんてないのに。

林田さんは、というよりこの場合、男の人は、と言ってもよかったけれど、そうしなかったのは私の守りの気持ちなんだろう。

「珍しいですね、今日起きてたの」

いつもは事が済んだ後、林田さんは夢の中と現実を行ったり来たりしながら、必死にこちらに意識をつなぎとめようとしていてくれる。その姿は、三歳の甥っ子が眠たいのに遊びたくておもちゃを手にし、拙い言葉を話している姿に似ていた。いい歳なのにおかしくて微笑ましい。

「スマホが光ったから、それで目が覚めた」

「私は気がつかなかったみたいです」

その一言が尖っていなかっただろうかと、揺れる気持ちをごまかすようにまた水をひと口含む。

気がついていなかったのは本当だ。けれど、私は知っている。林田さんのスマホが光ると、その相手に私は敵わないってことを。きっとその光が私と微睡んでいる時に見えたから、慌てて起きたのだろう。今もまだ手にしているスマホの向こう側には、きっと林田さんの大切な彼女がいる。

大きく息を吸ってみた。乾いた空気が体内に入ってくる。今度は薄く、薄く、息を吐く。私は林田さんのスマホを気にしていない素振りをして、彼の手をそっと触り、さっき見た夢の話をしてみた。

「大きなガラスの器の中に私は立っていて、上からビー玉が落ちてくるんです。『ピタゴラスイッチ』、知ってますか?」

「NHKでやってる?」

「うん。それです。その仕掛けみたいな感じで、円形のレールの上をビー玉が転がって、下にある器に落ちてくるんです。不思議なのは、落ちれば落ちるほど、レールの円が渦を巻いて大きくなっていくんですね。竜巻みたいな感じで。スピードも速くなるから、音も大きくなるし、落ちてくる勢いも強くなるんです。ビー玉が溜まれば溜まるほど、私の居場所はなくなるし、足場が悪くて、落ちてくる玉を避けたくても難しくなって。押しつぶされて、ビー玉に殺されるんじゃないかって思って怖いんです。最近はその夢ばっかり」

林田さんの意識が私とスマホを行ったり来たりするのを感じながら、ゆっくりとしたテンポで話した。時々思い出したような相槌。画面をすべる指。喉が水で鳴る音がする。

「ビー玉が出てくる夢って、どんな意味があるんですかね」

私は並んで座っていたソファから立ち上がり、カバンからスマホを取り出す。ネットの検索欄に「夢占い　ビー玉」と打ち込んだ。

ビー玉はどうやら責任の象徴らしいが、状況によっていろんな意味合いに変わるらしい。仕事や、親族関係、様々な場合が出てきたが、他者に欠かせない存在となることで、愛され歓迎されようと願っている、という一文が目を引いた。思わず笑ってしまう。

「なに？　変なことだった？」

スマホの画面をテーブルの上に伏せて置いた林田さんが、私の画面を躊躇いもなく覗き込んできた。

「責任の象徴だって。なんでもやってみようって気持ちの表れでもあるみたいです。今、丁度新しい仕事を覚えてるから、それが夢にまで出てきちゃったのかもなあ。嫌ですね」

「頑張りすぎるところあるからな。あんまり根詰めすぎたらダメだよ」

伸びてきた手が私の髪の毛をぐしゃっとする。そのまま引き寄せられて、林田さんの鼻先が私の頭に触れた。ゆっくりと呼吸をする音だけが部屋に響く。これは埋め合わせなんだろうか。

頭のてっぺんにかかる息がくすぐったいと笑って、腕からすり抜けようとしたけれど、力は思ったより強くてすぐに諦(あきら)めた。

「あっこちゃんは本当によく頑張ってるよ。どんなに忙しくても弱音吐かないし、人の仕事もさり気なく手伝ってるの知ってる。君はもっと自分を大事にしてあげていいんだよ。僕は、あっこちゃんが頑張っている時こそ、近くにいたいなって思います」

頭の中で、洗い上げた弁当箱のプラスチックがキュッと音を立てた。

「林田さんが思ってるほどいい人でも頑張り屋でもないですよ、私」

目と鼻の間が熱を持ってむずむずし始めたことに気づかないふりをして、口内の上の方に声を当てた。

　またスマホがピカッと光った。一瞬の躊躇いと沈黙の後、林田さんはスマホを手にした。私は鼻歌を歌いながら俯いたふりをして、ちらりと画面を覗き見た。本当はしてはいけないことだとわかっていながらも、ふつふつと湧き上がる嫉妬心が私を止めてくれなかった。途絶えそうになった鼻歌を、きちんと最後の節まで歌い終えてから私は口を開いた。

「彼女ですか？」

　今までにしなかったタブーの質問をぶつけた。私は体を前後に揺らしながら床を見つめる。漂いきれなくなった思いは床に落ちて積もっていくんだろうか。綺麗なこの絨毯を数えきれない人たちが何も気づかずに踏んでいくんだろう。

　林田さんの大きな手が私の頭の上にのせられる。

「ごめんね。ちょっとだけ」

　それが全てだと思った。いくら私と会っている時に一番だと、好きだと言ってくれても、彼女はいとも簡単に隙間に滑り込んでくる。

　カランと頭の中の弁当箱にビー玉が落ちた。

　私は林田さんからの返事をいつだって辛抱強く待っているのに。今は仕事中かな。彼女といるのかな。会社で顔を合わせているのに、ＬＩＮＥに既読が付かないまま二日ほど経ったことだってあった。それでも、私は待ったのに。それなのに。

人は不満を持つ時に、どうして相手にしてあげたことを思って腹を立ててしまうんだろう。相手はそれを頼んでも望んでもいなかったかもしれないのに。そんなことを考えると足下がぐらつく。

私はまた鼻歌を歌い始めた。自分勝手で、でも彼のことが好きで、嫌いで、早く私のこと嫌いになってくれればいいのにって歌。林田さんは絶対に知らない歌。だから彼は私の気持ちも知らないでスマホを見ているんだ。

ビー玉は次から次へと落ちてくる。からからと音を立てて、ぶつかりあい弁当箱の中を埋めていく。

テーブルの上にスマホが置かれて、彼の手がやっと私を包んでくれる。

ねえ、と言った自分の声が思っていたよりしっかりしていて、安心した。

「私、林田さんのこと好きなんですよ」

黙って続きを聞いて欲しいという意味を込めた言葉は、彼に伝わったらしかった。抱きしめられた私の頭に林田さんの鼻がわずかにこすれる。

「声が好きです。低くて、ちょっとこもってる感じ。落ち着くから。こうやって私の頭に顔を埋めてくるところも好き。いつも私の味方でいようとしてくれるところ、好きだって言ってくれるところ、くしゃっとした笑顔は大好き」

上からひとつ、またひとつとビー玉が落ちてくる。

「職場では絶対に出さないでって言いながら、お揃いのキーケースをくれたのも嬉しかった。会うのはいつもこのホテルだから、ご飯もちゃんと食べられないけど、お祝いがあるたびに、美味しいケーキを買っておいてくれたところとか、私の作ったお弁当をいつも美味しいって食べてくれたところも」

私が怒ってる時は、一緒に怒ってくれたし、言葉が出てこない時は、気持ちを紐解いて丁寧に整理をしてくれる、そういう優しさが好きだった。

一番じゃなくても、好きって思ってもらえたことが嬉しかった。

夢みたいな時間は、やっぱり夢だったのかもしれない。ビー玉の雨は止まない。

初めはびっくりした。彼女がいるなんて知らなかったから。

「それでもいいから、傍にいさせて欲しい」

と言ったのは正解か不正解か、今でもよくわからなかった。後悔と納得は代わりばんこにやってきた。

私と会っていない時、彼女ともキスするんだろうなと考える。その同じ口でキスされたって、それでも好きだと思えた。ちゃんと触れたところから愛情が伝わってきたから、嘘じゃないと信じていたかった。

林田さんはひとつひとつの言葉にきちんと頷いて、私の大好きな低いこもった声で、ありがとうと呟いた。

「いっぱい並べたけど、全部好きなんです。林田さんの全部が。好きって、どこがとか、何がじゃなくて、全部をひっくるめた気持ちのことなんですね」

だから、と言ったあと胸が痛んだ。本当に何かに刺されたんじゃないかと思う痛み。誰かにナイフで滅多刺しにされているみたいな鋭さ。ああ、これは自分で自分を刺しているんだ。離れたがらない心と体の肉と皮を引き剝がすように自分にナイフを突き立てて。その痛みを堪えるように、必死で息を吸った。

「もう終わりにしましょう。好きだから」

弁当箱に降り止まないビー玉の雨。からからという音がうるさく頭の中で響き続けている。

これ以上一緒にいても何もない。好きという感情だけが、ずっと、このホテルの一室に閉じこめられているだけ。そこから私たち、否、私だけが出られなくなってしまう。このままではビー玉に押しつぶされて死んでしまう気がした。いっそ、林田さんが私に興味がなくなってしまえばいいと何度思ったことだろう。それと同じ数だけ、好きでいて欲しいと思った。

結局、堂々巡りだ。好きだけど、一緒にはいられない。一番になれないけど、一緒にいたい。そうやって朽ちていく自分を想像して、一緒には堕ちてくれない林田さんを思ったら苦しくて、自分の首を絞めてしまいたくなる。だからビー玉でいっぱいになった弁当箱をひっくり返した。

もう終わりなんだ。こんな即席の関係は。

「好きだから」

もう一度、消えない印をつけるようにしっかりと口にした。林田さんはそうかと呟いて、更に強く私を引き寄せたあと、体を少し離した。目を見られず俯いたままの私は、空っぽになった弁当箱を思った。

「後悔しないの？」

林田さんはそう言って、熱くなった私の瞼（まぶた）に唇を落とした。

後悔しないとはなんだろう。別れて私は何に後悔するというんだろうか。

ビー玉はもう落ちてこない。頭の中はとても静かだ。私は答えがわからなくて曖昧に微笑んだ。

ジャム

僕のお父さんは一人じゃない。夜、仕事から帰ってくるお父さんの後ろには、真っ白な顔で洋服を着ていないお父さんが三人並んでいる。

「おかえりなさい」

お母さんにはお父さんは一人しか見えていないみたいで、玄関でお父さんからスーツのジャケットを受け取って、消臭スプレーをかけている。

くたびれた顔をしたお父さんは、僕の姿を見つけるとまだ起きていたのかって言う。

「今日は眠たくないんだ」

「この子、学校から帰って来て疲れて寝ちゃってたから。ほら、もうすぐ運動会だから、その練習でクタクタになったのよね」

「うん。今日は徒競走の練習したよ。明日は行進の練習」

「そうか。お父さん楽しみにしてるぞ」

ソファに体を預けて缶ビールに口をつけたお父さんの後ろには、ぬらぬらと光っている白い顔のお父さんたちが、ゆらゆらブランコみたいに揺れている。誰も喋（しゃべ）らないし、どこでもない遠くを見つめている。白いお父さんたちの歩いた後は、ナメクジが通ったみたいに濡（ぬ）れているのに、キレイ好きなお母さんはそれを拭こうとしない。だからきっと、僕にしか見えていないんだ。

そろそろ寝ないと明日起きられないからと、お母さんが魔法のミルクを持って来てくれた。あったかくてほんのり甘いミルクは、飲むと体がぽかぽかして綿菓子に包まれているみたいな気持ちになる。口の中からお腹の中まで、ふわふわの雲の上を小さくて可愛い羊がジャンプし始める。羊が増えると体が重たくなって、僕のまぶたが閉じてしまうんだ。

お日様が笑いながら、窓からおはようと声をかけてきて僕の一日が始まる。

パジャマのままリビングへ下りていくと、もうお父さんもお母さんも起きているみたいだった。トーストの匂いが僕のお腹をくすぐったら、羊は原っぱへ帰っていって、僕のお腹の中は空っぽだ。

洗面台で顔を洗って、歯を磨く。僕はまだチビだから台に乗って顔をバシャバシャ洗うけど、今日は水で一回だけ顔を濡らしたらおしまいだ。きっとバレっこない。

イチゴ味の歯磨き粉をチューブから絞り出す。ピンク色の塊をのせた歯ブラシを口の中に入れて、歯にこすりつける。だんだんと泡立ってきて、鼻から抜ける甘い匂いと、口の中の泡で溺れそうになるから、一度全部を吐き出した。薄いピンクの液体が、ゆっくりゆっくりと排水口に流れて行く様子を僕はじっと見つめながら、昨日のお父さんを思い出した。

仕事から帰ってくるお父さんは、いつも一人じゃない。白いお父さんは昨日は三人だったけど、この前は七人もいて、リビングの中がお父さんで溢れていたのを覗き見たんだ。あの日、僕はトイレに行きたくてベッドから抜け出したのに、お父さんの多さにびっくりして、おしっこが引っ込んでしまった。

いつからお父さんは一人じゃなくなったんだろう。今一番の不思議だ。初めからそうだった気もするし、そうじゃなかった気もする。しかも、お父さんは朝には一人に戻っている。

吐き出した泡が流れていったのを確認してから、もう一度歯ブラシを口に突っ込んで、しっかりと一本一本磨いた。イチゴ味がなくなるまで何度もゆすいで、服を着替えてからリビングへ戻った。

リビングの扉を開けると、お父さんは一人で、お母さんも一人だった。二人ともいつも通り朝のニュースを見ながら、テレビの中の人の話をしている。おはようと言いながら二人に駆け寄る。お父さんは大きな腕で抱きしめてくれて、いつも通りのワックスの匂いがした。お母さんからもいつも通りの鉄っぽい匂いがした。僕はそれぞれの匂いを胸いっぱいに吸い込んで体を緩ませる。

熱々のトーストにたっぷりのバター。パンの上で溶けていくバターを右に左にと滑らせて遊んでいたら、お母さんにちょっぴり注意された。

「早く食べないと硬くなっちゃうわよ」

「はーい」

「はいは短くよ。ね、お父さん」

「はい！」

お父さんが元気よく返事をして、みんなでケラケラと笑う。夜ご飯はなかなかみんなで食べられないから、僕はこの朝ご飯の時間が大好きだ。

果肉のゴロゴロ入ったいちごのジャムを、トーストの上にたっぷりのせてかぶりつく。ジュワーッと染み出すバターの味が口に広がって、いちごの甘さと果肉が手を取り合って踊り出している。一緒に踊り出したいくらいおいしい。

毎朝このジャムトーストを食べるけど、いつでも初めて食べたかのようにおいしくて、体の内側から大きな花が空に向かって伸びていくような満たされた気持ちになる。

「健太(けんた)は本当においしそうに食べるなあ」

僕の頭にポンと手を置いて、ぐしゃぐしゃにかき回してからお父さんは家を出て行った。大きいお父さんの背中はスーツを着ると少しだけ小さく見える。

「行ってらっしゃい」

学校に向かう途中にある近所の家の庭には、大きな本の形をしたオブジェが置かれている。おはなしの国にありそうな、見ているだけでワクワクしてしまうものだ。表紙には英語が書かれていて、僕にはまだ読めない。他の家にも、大きなオブジェが置かれるようになって、その数は日に日に増えていった。隣のお家にやってきたのは、絵本に出て来そうな青色のキノコだった。かっこよくはないけど、大きいってだけで僕はワクワクしてしまう。

マンションに住んでいる友達の家に行った時は、ゴミ捨て場の脇に笑ったり泣いたりした顔が彫られたトーテムポールが五つ並んでいた。マンションに全く馴染んでいないそのトーテムポールは、夕方になると夕日に照らされてとっても強そうに見えた。長く伸びたその影の中に入ると、自分の影がキレイにすっぽり隠されて、僕たちはよくその影を使って遊んでいた。だけど本当はそんな風にして遊んじゃいけないらしい。

ある日学校から帰ってきたら僕の家にもヘンテコなオブジェがやってきていた。お母さんの趣味で、フランスとかにありそうな台座にのった白い像だ。髪の毛がくるくるの天使なんだけど、僕の体の何倍も大きいそれは、全然天使なんかじゃなかった。お母さんはそれをとっても大事にしているのか、絶対に近づいてはダメよと言う。ダメと言われるほどに興味は強くなっていくけれど、毎日庭で像をピカピカに磨いているお母さんの姿を見ていると、本当に壊してしまったら、かわいそうだと思った。僕も買ってもらったお気に入りのロボットを、四歳の従弟（いとこ）に壊されてしまった時はとっても落ち込んだからだ。お母さんにそんな思いはさせたくない。

だけど、なんで急にあんなに大きなものが家にやってきたんだろう。僕の家の庭は、椿（つばき）が植わっているような庭で、ここには天使より、仏像の方が似合うんじゃないかなと思った。

「どうして僕のうちは天使なの？　お隣みたいなおっきいキノコとか、おっきいロボットの方がいいじゃないか」

その日の夜、白いお父さんを後ろに従えたお父さんに、僕は尋ねた。

「お母さんの趣味なんだよ。可愛らしいじゃないか」

「そうだけど僕はもっとかっこいいのがいいよ」

お父さんもそう思わない？　という問いを、お父さんは笑ってごまかした。

「お母さんが気に入ったものがよかったんだよ。ほら、天使は普段空にいるだろ。そこからみんなのことを見守ってくれてる。だけど、庭に天使がいたら、空から見守られてるより、ずっと心強くないか？」

「でもうちは仏教なのに」

「お、そんなことがわかるのか」

「だって、お寺に行くし、お墓だって十字架がないもん。おばあちゃんの家にはお仏壇があるでしょ」

「そんなことまでわかるようになったのか。もう大人だな」

「僕だって、ちゃんと大人だよ！」

「じゃあ、大人の健太は朝お母さんに起こしてもらわなくていいようにもう寝ないとな」

お父さんにからかわれて僕はちょっとムッとして、リビングから出て行こうとした。振り返ってお父さんにおやすみなさいを言おうとした時、白い姿に目が引き寄せられてしまった。

「おやすみなさい」

きっとお父さんは嘘(うそ)を吐(つ)いているんだと思った。

学校でも自分たちの両親の話をすることがある。

「昨日帰ったらお母さんが何人もいた」

一人がきっかけを作ると、みんな口々に話し始めた。

給食の時間、六つの机を突き合わせてそれぞれの班になってお昼を食べる。煮込まれすぎてブヨブヨになったうどんを嚙(か)みながら僕はみんなの話を聞いていた。

「お母さんに聞いても何も教えてくれないんだ。お母さんは一人なのに何言ってるの？

だって」

「私も、お父さんがね、たまに二人とか三人になって帰ってくるよ」

「お姉ちゃんが受験勉強してるんだけど、ご飯だよって呼びに行ったら、二人になってた。お姉ちゃん、そのままご飯を食べてたけど、お母さんたち、かわいそうにって顔でお姉ちゃんのこと見てたんだ」

アレは一体なんなんだろう。僕たちの不思議は大きくなっていくばかりだった。

「もっと不思議なのは、朝になると一人に戻ってるよね」

僕の言葉に少しの間があってから、みんなが頷（うなず）いた。

「怖いよ。僕たちには見えてるのに、家族には見えてないなんてことあるはずないもんね。みんな何か隠し事してるんだ」

クラスで一番体の大きな裕（ゆう）くんは、僕たちの話を聞きながら黙って牛乳を一気に飲み干して、濡れた口を腕で拭（ぬぐ）ってから、なぜかこちらをギッと睨（にら）んできた。その視線に怖くなった僕は目をそらして、急いで口いっぱいにうどんを頬張った。

給食の後、当番だった僕たちの班は残った給食を持って、配膳室（はいぜんしつ）まで向かった。

僕と一緒に大きな食缶の取っ手を持っていた裕くんが、おいっと声をかけてきた。

「どうしたの？」

「さっきの話」

頭の中をぐるっと一周いろんな話題が巡ってから、白いお父さんたちの話だと気がついた。

「うん」

「みんな、見えてると思う。わかってるけど、知らないふりしてるんだ」

「知らないふり？」

「大人ってそういうもんなんだって」

大人、という言葉の響きが裕くんの伏せた視線と重なって、隠し事という言葉が浮かび上がってきた。僕のお父さんが嘘を吐くみたいに、大人は何かを隠しているのかもしれない。

「知らない方がいいこともある」

「でも、不思議なことは知ってみたくなるよ」

裕くんはまた僕のことを睨みつけた。僕が口をつぐんでから、ごめんと謝ると、彼は何かをブツブツと呟（つぶや）いていた。

その数日後、少し遅れて教室にやってきた裕くんは顔色がとても悪く、フラフラしながら自分の席に着こうとした。

クラス全体がギョッとした空気に包まれる。裕くんの後ろには、もう一人の裕くんがいた。ぼんやりと白い姿は服を着ていなくて、ぬらぬらと濡れている体も、揺れているだけでどこも見ていない目も、僕のお父さんが連れて帰ってくる他のお父さんたちと一緒だった。

教室がざわざわする中、先生が慌てて裕くんに駆け寄った。

「大丈夫？」

ゆっくりと頷いた裕くんの姿はとても弱っているように見えて、いつもは大きな体も、萎（しぼ）んで小さく見えた。けれど、後ろに佇（たたず）むもう一人の彼は、大きくて、ただゆらゆら揺れているだけだ。

「他の先生を呼んでくるので、みんないい子で待っててね」

先生は二人の裕くんを隠すようにして一緒に教室を出て行ってしまった。

その後、別の学年の先生がやってきて算数の授業をしてくれたけれど、その日裕くんは教室に戻ってこなかった。

あの日のことを裕くんに聞いても、彼は口を開こうとしない。

そのうちみんなも聞くのをやめて、数日でいつもの教室に戻った。

僕はぼんやり、裕くんは本当に大人になったのかもしれないと思った。

家にお母さんと二人でいる時、お母さんが悲しそうな顔をしているのに気がついた。おやつのヨーグルトを取り出そうとした時だった。ご飯を作りながら涙を我慢して、口を手で押さえている。

「お母さん、どうしたの？　気持ち悪い？」

涙を溜めたお母さんが僕を見つめた。目がキュッと細くなって、細かいしわが顔を立体的にしている。

「大丈夫よ」

「でも、泣いてるよ」

「玉ねぎを切るとね、涙が出そうになるの」

だけどお母さんが玉ねぎなんか切ってなかったことを、僕は知っているんだ。

お母さんには僕に言えない辛いことがあるのかもしれない。だからお母さんも僕に小さな嘘を吐く。大人だからかもしれない。

お父さんだってそうだ。休みの日、朝ご飯のいちごジャムトーストを齧りながら、お父さんにだけこっそり裕くんの話をした。

「裕くんがね、この間二人で学校に来た」

「二人？　お母さんと来たのか？」

「違うよ。裕くんが二人だったの」

お父さんの目が大きく開いて、何度も瞬(まばた)きをするのをじっと見ていた。

うーんと低く唸(うな)ってから、お父さんは僕にこう言った。

「健太が知らないだけで、本当は双子だったんじゃないか？」

「そんなわけないよ。だってもう一人の裕くんは裸だったんだもん」

僕がムキになって言い返すと、お父さんは顔を歪(ゆが)ませながら笑って、

「健太にももう少ししたらわかることだよ」

と僕の髪の毛をぐしゃっとかき回した。これもきっと嘘なんだとわかって、トーストを二つに折って無理やり口に押し込んでみた。後から流し込んだ牛乳が僕の熱くなった体を冷ましてくれる気がした。


学校から帰って来て、真っ白なヨーグルトの中に瓶から引きずり出したいちごジャムをぼとぼと入れる。甘酸っぱい香りがふわっと上がってきて、お腹がくすぐったくなる。大好きなおやつの一つだ。

銀色のスプーンでヨーグルトをかき混ぜると、中心からだんだんと円を描くようにピンク色が広がっていく。白と赤が混ざるとピンク色になることを僕はこれで知った。

いちごジャムは瓶の中だと赤色じゃない。光に当ててみると、赤黒く光ってちょっと背中がゾクッとして、肌がブツブツと反応する。

いちごに熱を加えて瓶にぎゅうぎゅうに詰めると、どうしてこんな色になってしまうんだろうか。何かに詰められるっていうことは、ぎゅーっと縮まって、色が濃くなることなのかもしれないと思った。その証拠に、目の前にあるヨーグルトの上のジャムは赤黒くなくて、透き通った赤色をしている。

大きな果肉をスプーンで潰す。食べにくいわけじゃないけれど、僕の中のもう一人の僕が勝手に腕を縛り付けて、僕にはどうしようもできない力で勝手にぐちゃぐちゃと潰す。そういう時、僕は学校であった嫌なことを思い出している。足が遅いって言われたとか、算数の問題が全然わからなかったとかだ。でも最近は嘘を吐かれることが一番頭の中をぐちゃぐちゃにしてくる。そういう全部がお皿の中でぐちゃぐちゃにされて、お腹の中に入っていく。

「やめて」

一緒にヨーグルトを食べていたお母さんが声をあげた。それでも止まらないスプーンの先で果肉が千切れて、すり潰されていくのを見て、お母さんは口に手を当てた。また泣きたくなってしまったのかなと思ったけれど、お母さんの額には汗が玉になって浮き上がっている。うっ、うっとお腹の底から低い声が響いて、目が潤んでいた。

汗で濡れた青白い顔のまま椅子からずり落ちたお母さんに僕が駆け寄ると、お母さんは必死に何かを堪えながら首を振り、もう片方の手で扉を指差している。きっと僕にこの姿を見られたくないんだと思う。けれど、お母さんが苦しそうで心配だ。傍を離れたくなくて、背中を一生懸命さすってあげた。

「……いいう、嫌、だ。ああ、うっ。えぉっ」

「大丈夫？　僕が付いてるから」

床に這いつくばって、言葉にならない声を出して苦しんでいるお母さんは、人間じゃなくて動物園の猿みたいだ。

「気持ち悪いなら我慢しないで」

僕が風邪をひいて吐きそうだった時、お母さんもそうやって僕の背中をさすって傍にいてくれた。今はそれを僕がしてあげる番だと思った。僕は急いで流しにある桶を持ってきた。

「ダメだったらこれに出して」

それでもお母さんは我慢をして、ずっと苦しそうに体をビクビクさせている。吐いてしまえば楽になるんだろうか。口を押さえる手からは涎がぼたぼたと溢れ出している。

「お母さん、手を離して」

強い意志を持って何かと戦っているお母さんの手を口から離そうとすると、首を振って嫌がられた。汗なのか、涙なのか、濡れたお母さんの顔はどんどん青くなっていく。

ゴボッと喉の奥から音がした。お風呂の栓を抜いた時のような、せき止められていたものが解放される音だ。それと共に、お母さんの喉元が不自然に大きく膨らんで、大きなボールが体の奥から出てくるみたいに張り裂けそうなほど広がった。

口から溢れていた涎は、粘り気を強め、糸を引いてお母さんの顎を伝ってだらだらと床と桶を濡らしていく。喉元にあったボールは首を押し広げながら口まで上がってきて、お母さんの顔のパーツがメリメリと音を立てて横に広がり、見たこともないほど口が大きく裂けた。

「おえええええええええええ」

大きな嘔吐く声と共に裂けた口から何かがずるりと吐き出された。

ごろんと力なく床に転がって、赤ちゃんのように丸まったそれは、〝お母さんのようなもの〟だった。固く閉じた指が、動くのを確かめるように、ゆっくりと一本一本開いていく。体を動かすたびに、真っ白なお父さんと同じ、ナメクジのようにぬらぬらした液体が糸を引く。理科室にある液体に浸かったカエルの標本みたいにふやけていた。

ぜえぜえと肩で息をするお母さんの背中をさすり続けながら、その光景に釘付けになった。ぐちゃぐちゃと音を立てる物体と、さっきまで裂けるほど広がっていたお母さんの顔の皮膚が、じわじわと元に戻っていく様子を見て、驚きが僕の体を支配していく。

見たことのないことが、今起きたんだ。

嫌だ、怖い。まるでホラー映画じゃないか。目の前が真っ白になって意識が飛びそうになる。体が急に震え出した。心臓を握り潰されて、その隙間から一生懸命にドクンドクンと動いている感覚。息を吸ってもヒューヒューと音がして、全く思うように呼吸ができず苦しい。

ぬらぬらした物体は、お構いなしに床を汚しゆっくりと体を開いていく。

僕のお腹が急に重くなった。それは夜に現れる羊の重さなんかじゃなくて、もっとリアルな生き物の重さだった。続けて胃袋を鷲摑みにされ、勢いよく体ごとひっくり返される感覚が僕を襲った。胃が、喉が、口の中が、焼けた石を放り込まれたみたいに熱くなって、どろっとした酸っぱい唾が口の中で溢れ出した。

ぶぇっと吐き出してみると、それは粘膜のような塊で、口からスライムが出てきたのかと思った。

ああ、僕にもお母さんと同じことが起きているのかもしれない。

そう感じた瞬間に、口の中に手を差し込まれた。びっくりしてジタバタする僕を、髪を汗で濡らしたお母さんが必死で押さえている。

喉の奥の柔らかい部分にお母さんの指が当たった時、唾液で濡れているはずの喉が急に乾いた気がして、お腹の中の〝何か〟が僕の思いに反抗して這い上がってきた。全身から、骨のギシギシいう音と、筋肉の筋がピシピシ弾ける音が聞こえてくる。内側から全部を壊されそうな感覚にどうしようもなくなって、僕は腕を掻きむしる。

肋骨が肉を引き裂いて飛び出そうだ。鎖骨が押し上げられていて喉に刺さるかもしれない。僕の体を勝手に動かす何かは、遂に喉まで上がってきた。鉄球が詰まるような感覚。息が詰まって、鼻から呼吸をしたら、鼻水が詰まってゴボッと喉が鳴って溺れそうになる。苦しくてどうしようもなく、吐き出さずにはいられなかった。

顔の全部が右からも左からも、いろんな場所から鉤で引っ張られている。痛い。苦しい。やめて。痛みが恐怖から怒りに変わっていく。一体僕が何をしたっていうんだ。

目が僕の知らないところまで引き離されて、正しさを失くして、視界は見たことがないくらいに広がっていた。

お母さんの指がもう一段深く僕の喉に入ると、引きずり出すように動き、ずるりと何かが僕の口から吐き出された。視界の端には伸びて垂れ下がった僕の唇があった。

初めて見たもう一人の僕のようなものは、生まれてきたことに気がついていないカメレオンみたいで、ぐるりと丸まっている。ぬらぬらとした涎にまみれたまま、体のあちこちが隙間なくピッタリとくっついて、生きている感じがしなかったけれど、その体はゆっくりと上下していた。

口からぼたぼたと涎を垂らしている僕を、お母さんは後ろから抱きしめ、目の前でもう一人の自分たちがほどけていく姿を見守った。

「これはね、病気なの」

もう一人の自分たちがほどけきった後、やっとお母さんが声を発した。

「お父さんもお母さんも、嫌なことや、不安でいっぱいになると、体の中から自分を吐き出してしまうの」

そういう病気が流行(はや)っているんだとポツポツと説明してくれた。頭の上から落ちてくる声は小さいのに、僕の耳にまっすぐに届く。

「僕も病気なの？」

口の周りの涎が乾燥してパリパリと音を立てた。

「そう。あなたも病気」

「お父さんも？」

「お父さんも。お父さんは会社で嫌なことがいっぱいあるんだって」

「お母さんは何が嫌なの」

冷蔵庫の音と、二人の分身が動いて立てる音だけが聞こえた。

「こうなってしまったことが嫌」

その日はどこも見ていなくて、僕は思わずお母さんを抱きしめたくなった。

「治らないの？」

「どうかしら」

お父さんが一人じゃなかったのは、病気だったから。目の前にもう一人のお母さんがいるのも病気だから。僕も、病気だからもう一人の僕を吐き出した。

ゆらりと立ち上がった僕とお母さんの分身は、何も言わずにズルズルと足を引きずりながら二人分の不安を抱えて僕たちの後ろに立った。

そうか、これは病気なんだ。でも、どんな病気だというんだ。

「お片付けしないとね」

お母さんはエプロンの裾で僕と自分の顔を拭った。垂れ下がっていた唇はもう正しい位置に戻っている。カサついた音がして、涎の乾いた白い塊がポロポロと落ちて床を汚した。

そのまま手を引かれて、庭にある天使のオブジェの前に連れて行かれた。後ろにはピッタリともう一人の僕たちが揺れている。

「お父さんもね、たくさん連れて帰ってくるから大変なの。健太は自分のことは自分でできるようにならないとね」

そう言うと台座にのった天使が頭から、ドアが開くみたいに縦にゆっくりと開かれた。

天使の中は真っ暗な空洞で、ムッとした臭いが僕の鼻を摑んで離さない。腐ったものはこういう臭いなんだろうか。酸っぱくて、空気中からどろりと液体が溢れてきそうだった。

お母さんの目に深い暗闇が映る。

「ここに自分を入れるのよ」

それだけ言ってお母さんは自分の後ろにいるもう一人のお母さんの腕を引いて天使に近づける。

天使が置かれている台座には、大きな穴があって、そこにスクリューみたいな回転刃が六枚、丸く並んでいた。お母さんは自分と同じように茶色く染まった長い髪を引っ張り、顔を穴に近づけた。すると、唸るような機械の音が鳴り響き、ガリガリと刃が回る音がする。もう一人のお母さんの鼻から上だけ、潰れたトマトみたいにぐちゃぐちゃと音を立てて形を失っていった。今度は体をひっくり返し、髪の毛を穴に押し込んだ。回る刃の音に吸い込まれるようにもう一人のお母さんの髪の毛がグッと引っ張られた。その姿にもう後戻りはできないんだと理解する。

天使の中に引き寄せられた髪の毛に抵抗するように、白くぬらぬらと光る腕が前に伸びる。助けを求めるように突き出された腕は何も掴むことができなくて、ただ虚しくジタバタしていた。目も鼻も潰され、発する声はなくても、残された口だけが叫んでいる。

お母さんは一歩後ろに下がって、その様子を黒く塗りつぶされたような顔で眺めている。

髪が引き込まれて、顔から首にかけての皮膚が引きつり、首の筋がグッと浮き立つ。そこから頭の皮がずるりと剝けるように、皮膚と皮膚がぶちぶちと引き剝がされて、赤い血が溢れ出した。

次は頭。最初は引っかかるように入り口で詰まっていたそれも、大きな機械音に負けないほどのゴリゴリという音で、赤く染まったむき出しの頭蓋骨を砕く。僕のいる場所からその頭が見えなくなった時、もう一人のお母さんの体は少しだけ宙に引っ張り上げられて、緩くしなって、弧を描いていた。

ブシュッという音と共に何かが空に向かって弾け飛んだ。僕は思わず目をつぶる。恐る恐る目を開けると、天使の白い髪の毛がべっとりとした赤色に染まって、所々に小さな塊があった。

「また汚れちゃったわ」

困ったように頰に手を当てて首をかしげるお母さん。

「これは何をしてるの？」

「そうね」

穴の中に引きずり込まれるそれを見ながらこう続ける。

「廃棄してるのよ」

「はいきって何？」

「いらないものだから、捨ててしまうの」

「でもお母さんだけど、お母さんじゃないの？」

「お母さんだけど、お母さんじゃないの。これはね、お母さんのいらないもの」

「いらないの」

「そう。いらないの。いらないものだからみんな吐き出すのよ。吐き出して、それをなかったことにするの」

お母さんはお母さんなのに、なかったことにしてしまうというのは一体どういうことなんだろう。そうやって言葉の意味を噛み砕いている間にも、天使はもう一人のお母さんを〝はいき〟していく。

頭がなくなって、腕と胴体もぐちゃぐちゃに砕かれて、残った逆さまの脚だけが力なくだらりと膝(ひざ)から折れ曲がる。飲み込む反動の揺れに従うようにバタバタと揺れている。周りには血と、飲み込まれずにこぼれ落ちた肉片が散らばっていた。何かに似ている塊。赤くてごろっとしていて。

「お父さんも、毎日こうやってあの天使に食べられてるの？」

「そうよ」

お母さんの薄い喉が上下する。

つま先まですっかり飲み込んだ天使から、ゲップのようなゴボッという音がした。

今度はあなたの番、と僕は促されて天使の前に立たされた。恐る恐る中を覗いてみると、鋭いギザギザの刃物。これが回るとさっきみたいに中に引き込まれて噛み砕かれ、飲み込まれていくんだ。

蟻地獄（ありじごく）みたいだと思った。

使ったばかりだから、あちこちに血がついているし、刃先にも肉片が引っかかって残っている。体の奥から上がってきた酸っぱい液体を無理やり押し込んだ。

僕の知っている世界はもうどこにもない気がした。

気持ちを落ち着けてくれるミルクは、ただの気休めで、もう羊は寝る前に僕の中を走ってはくれない。お父さんの笑顔も、お母さんの温かさも、全部が形の合わないパズルのピースみたいにちぐはぐに感じてくる。

「我慢が大事なの。人の前では我慢して、我慢して、吐き出してしまえば楽になる。あとは捨てちゃえばいいの。みんなそうしてる。それが大人になることなのよ」

何も怖いことはないと、抱きしめてくれたお母さんからいつもの匂いがした。けれど、それはこびりついた血の臭いだった。

僕がいない間、お母さんはこうして自分を捨てていたのかもしれない。僕が寝たあと、お父さんから吐き出されたお父さんを捨てていたのかもしれない。僕もこれから、こうやって自分を捨てていくのか。でも、吐き出された僕は本当にいらないものなんだろうか。少しの間、赤く染まった血の臭いに包まれながら僕は自分に問いかけた。

わからないなら、一度試してみればいいのかもしれない。

初めて自転車に乗れた日を思い出した。

お父さんに連れられて公園に行って、自転車に乗る練習をしていた。なかなか二つのタイヤだけで走ることができなかったけれど、後ろから支えていたお父さんがこっそり手を離して自転車を押し出した時、お父さんがいるから大丈夫だと信じていた僕は、騙(だま)されてすんなり自転車に乗ることができた。

あの時みたいに、えいっと思い切ってしまえば、簡単に理解できることなのかもしれない。

僕は、黙って揺れているもう一人の僕の手を摑んで引っ張った。ぬるっとした感触と、生温かい体温が手から伝わってくる。抜け殻みたいなこの体も、ちゃんと赤い血が流れて、確かに生きていた。

「あったかいよ」

「生まれたばかりだから」

もう一人の僕は僕のことを見つめ返してくれない。空っぽの顔を僕はひたすら眺めた。薄く呼吸をしていて、その息は寝起きの生臭さがある。瞬きをする時はゆっくりとまぶたが下りてくる。温(ぬる)い体温。手首は脈打っていた。僕から生まれたもう一人の僕は確かに生きている。

　それでも、僕はもう一人の僕を天使の穴に近づけた。お母さんと同じように、頭から押し込んだ。

　もう一人の僕の体は柔らかくて、あっという間に頭が食べられていく。その様子を穴の前に立ってただただ見つめた。簡単に砕けて、弾けて、引きちぎられて、飛び散った頭の中身がべちゃっと僕の顔にへばりつく。今までで一番濃い血の臭いがした。

　自分が砕けていく様子は気分がいいものではなくて、目を背けたくもなった。けれど、顔についた塊を拭いても、もう一人の自分から剝がれたものがまたぐちゃぐちゃと容赦なく僕の体に飛んでくる。

　音を立てて飛んできた塊が、また僕の頰っぺたをぶった。生温かくて、強い血の臭いに僕はもう一度僕を吐き出した。二回目は初めてよりも辛くはなかったけれど、喉の途中で引っかかった体を自分の手を突っ込んで無理やり引きずり出した。

　お母さんの半分の時間で二人分の僕の体はあっけなく天使に食べ尽くされてなくなった。

　散らばっているぶよぶよした桃色の管や、赤くてごろりとした塊。なくなった僕の体は、なんだかアレみたいだ。

　台所へ、空の瓶を取りに行く。お母さんは薄く笑いながら、赤黒く汚れた天使をホースから流れ出る水で洗い始めた。

　窓を開けっ放しにしているお隣から声がする。

「お隣はこんな時間に廃棄してるわよ。やめて欲しいわー。こっちまで吐いちゃう」

「母さんの吐いてるのを見たら、俺も吐いてしまうよ。お前のは特別気持ちが悪いからなあ」

「お父さんったら酷いわ。それより、あのキノコのダストボックス、やっぱり趣味が悪いから別のものに換えましょう。うちもお隣みたいな天使の像にしましょうよ。流行ってるみたいだし。今ならまだクーリングオフできるから」

　庭に戻ってきた僕は、まだ体についていたものや、庭に散らばったひとつひとつを拾って、瓶の中に詰めていく。瓶がいっぱいになって、しっかりと蓋をした。赤いのに黒にも見えて、光を当てると生っぽく透き通っている。ゴロゴロした肉の断面が白く粒だっていた。

いとうちゃん

青の水彩絵の具をたっぷり水を含ませた筆でなぞったみたいな空。あまり好きではないその空の下で、私は仰向けになって寝転がっている。足下からは少年たちが野球やらサッカーやらをする声が聞こえる。それがどっちだろうと私には関係なかった。傾斜の緩やかな土手に寝転がって上を見ていれば、世界は青だけだ。時折、随分と遠くで、白く長細いものがゆっくりと横切っていく。あれは飛行機だ。あの中に何百もの人が乗っているという現実に頭がクラクラする。

どうしてここはカモミールの花畑じゃないんだろう。一面真っ白なカモミール畑だったら、私の気持ちはふしぎの国に飛んで現実逃避が捗るのに。

右手が頭の下にしばらくあるせいでじんじんしている。左手には一本のパウンドケーキ。プチケーキではなく。しかもそこには無造作に齧り付いた歯形がある。まるで削り取られた崖みたいで不細工だ。

これは私が作ったものだ。ストレスの発散に作ったパウンドケーキ。食べてくれる人は誰もいないから、自分で食べるしかない。そしてこんなものをやけ食いしていたら、三ヶ月前までは緩かったデニムのウエスト部分に肉がのっかり、おもいっきり息を吐いてからではないとボタンを留められなくなった。うっかり気を抜けば、勝手にチャックが下がってしまい、パンツ丸出しで自転車を漕いでいたこともあった。

「あ――」

っと声を出しても、ずっとずっと、私が一生行くことのない宇宙に向かって、声が吸い込まれていくだけだ。苛立ちはケーキの中へ、そして私の体の中に入り、贅肉となってこびり付く。

「また太ったなあ」

顔を触ってみると、その肌を触る手がすでに肉厚だった。手のひらは頬に沿って丸みを帯びている。こんな丸顔では、お店の写真を見て来てくれた人にも詐欺だと言われたって仕方がないだろう。だって私は、この三ヶ月で8キロも太ったのだから。

子供の頃から『ふしぎの国のアリス』が大好きだった。アリスの金髪、水色のドレスワンピース、白いエプロン。どうしてお料理をしないのにエプロンなんてつけてるのと、幼稚園の友達は言っていたけど、そんなの見た目が可愛いからでいいじゃない。エプロンにあるポケットには、小さなお菓子が入れられるし。常に甘いものと共にいられるなんて、とっても女の子的で、それだって可愛いと思っていた。

幼い頃の私の写真は、アリスのような水色のふわっとした洋服を着たものばかりだった。お母さんのお手伝いをする時につけていたのは、白いフリルエプロン。少しでもシミがつこうものならギャンギャン泣き喚いていた。だからそのエプロンをつけることを禁止されたのは苦い思い出だ。

　中学生の時、テレビの特集で見た秋葉原のメイド喫茶。メイドの人気全盛期だったその頃はこぞって様々なメディアがメイド喫茶を面白おかしく取り上げていた。テレビ画面の中で、フリルのついた服を着て、可愛らしいポーズをしながら、恥ずかしげもなく「萌え萌えきゅん」と言ってみせる彼女たちは、まるでふしぎの国から飛び出してきた女の子みたいで、私は一瞬で心を撃ち抜かれた。一発、ズドンだ。そして一度死んだ。いつしかアリスにはなれないと悟った私は、生まれ変わるならメイドがいいと、齢十五で一度人生を終え、新たな生きる道を見つけたのだ。

　メイドの世界は厳しいらしい。高校を卒業した十八歳では、もうババア扱いされ始めてしまうという。それを知った私はひどく焦りを覚えた。女の子の旬は一瞬で、儚い。高校を中退してでもメイドになりたい、という私の焦燥感を周りはわかってくれなくて、もどかしくてしょうがなかった。

「早くしないと女の子である私が死んでしまう」

　そうやってお母さんに何度も訴えかけたけど、

「お母さんにとってはあんたはいつまで経っても女の子よ」

　と言い返されて話にならない。

　お父さんに至っては、東京に出て行くなんて信じられないといったスタンスだった。

東京に行ったって何も変わらない。なんでもあって、安全で住みやすいこの町をどうして離れるのか理解できない、といった様子だった。

　そんな両親の反対も、学校の先生の進学の勧めも、数少ない友達の助言も全部蹴飛ばして、私は高校を卒業した翌日に群馬を飛び出し東京へ出てきた。メイドになるために。

　子供の頃からコツコツと貯金をしていたのは、きっとこのためだったんだと思った。押し切るような形で、あとは親の承諾さえもらえば完了というところまで部屋の契約手続きも済ませ、書類を親に突きつけた時、お母さんはもう私という存在に諦めをつけて、好きにしなさいとサインをしてくれた。

　そして、私の東京生活は始まったのだ。新小岩で。

　今、荒川沿いで私は寝転がっている。メイドの姿は仮初めだ。あんなに憧れて念願の秋葉原のメイド喫茶で働けることになったのに、私の日常といったら可愛げのかけらもない。お母さんからは、毎日朝におはようのメールが入る。諦めたとは言いながらも心配をしているんだろうか。

「あ、そうだ。ブログ更新しなくちゃ」

　私が働いているメイド喫茶ではＨＰ内にあるブログシステムでブログを書くことが義務付けられている。

　体を起こすのも面倒くさくて、私は顔を左右に振ってあたりを見回した。すぐ近くに小さな紫色の野花が生えていた。それを超拡大ズームで写真に撮る。解像度はかなり低い。それをアプリを使って、色味を調整したり、エフェクトをかけて、可愛らしく見える写真に仕上げた。

『秘密の花園で一人でティーパーティーです。パウンドケーキを自分で焼いて、それがおとも。皆さんはどんな一日を過ごしていますか。今日はお店にいないので、ちょっぴり寂しいですが、甘いものと緑に癒されて明日からもお給仕張り切っちゃいます♡』

さっき撮った加工しまくりの画像を添付して、投稿ボタンを押す。これで今日の任務は完了。私は左手に持ったパウンドケーキにがぶりと齧り付いた。仰向けになっているから、顔にはボロボロとクズが落ちてくる。口の周りに落ちたものは、舌を伸ばして舐めとってみた。どんなことをしても、目の前は真っ青だ。

「おかえりなさいませご主人様」

薄ピンクを基調とした店内は、いたるところにハートマークのモチーフがちりばめられていて、お店のエントランスには所属メイドたちのプロフィールがずらりと並んでいる。初めてこの『めたもるふぉ～ぜ』に来た時は、正直キャバクラなんじゃないかと思ってしまった。ここで可愛い子に目星をつけて、給仕をしてもらうわけだ。ある意味この写真がメイドとしての最初の勝負である。

店内には、流行りのポップなアニメソングがひっきりなしに流れていて、私はお客さんとの会話に困らない程度に、新しいアニメが始まればチェックする。だから今かかっている、動物がなんちゃらみたいな曲も流行っていることはわかるけど、そのアニメ自体のことはよく知らない。絶対に知っておかなければいけないことじゃない限り、私は覚えない。

「いとうちゃん」

声をかけられて振り返ると、大学生のご主人様が私のことを手招きしていた。彼は、友達と冷やかしで来て、そこから一人ハマってしまった口だ。メイド喫茶と聞くとオタク然とした人がたくさんいると思いがちだけど、実はそんなことはなくて、意外と普通の人が多い。カフェとして利用する人もいれば、遊び感覚でやってくる人もいる。もちろん女の子のお客様、お嬢様もだ。

「ケントさん。どうかなさいましたか？」

「注文したいんだけど、大丈夫？」

「もちろんです。今日はどうなさいますか？」

「明太子スパゲッティのセットで」

「かしこまりましたー。まぜまぜさせていただきますね」

私はとびっきりの笑顔をケントさんに向けた。けれど、その笑顔は虚しくかわされてしまう。

「あ、混ぜるのは、のえるで」

　ああ、まただ。私が前より太ってしまったからだろうか。最近はオーダーをとっても、そのあとのサービスをさせてもらえないことが増えた。ケントさん、前はまぜまぜさせてくれたのに。悔しさを滲（にじ）ませないように、もちろんですと答えた。

「のえるさんだと、ちょっとお待たせしちゃうかもしれませんが、大丈夫ですか？」

「うん、大丈夫だよーお気遣いありがとう」

　ケントさんは右手をひらひらと振ってみせた。ああ、私はもういいってことかな。かしこまりましたと私はくるりと向きを変えて、並ぶテーブルの間を抜けながら厨房（ちゅうぼう）にオーダーを伝えに行った。結んだツインテールがどうしても緩んでいるように感じて、髪の毛の束をつかんで二つに割き、ぎゅっと左右に引っ張った。根元に向かってヘアゴムが押しやられ、ぐらついた感覚はなくなる。私はツインテールを大きく揺らしながら歩いた。

「たらこスパひとつ、お願いしまーす」

「はーい」

　厨房には料理の妖精さんと呼ばれている人たちがいる。その妖精さんの一人である田中（たなか）さんが返事をしてくれた。田中さんはこのメイド喫茶のマネージャー以外の唯一の男性スタッフだ。男性だから表に出てはいけないし、料理は私たちメイドが妖精さんの力を借りて魔法で出していることになっているから、その存在は絶対にタブーなのだ。

「田中さーん」

「いとうちゃんどうしたの？」

田中さんは、深い鍋に水を注ぎ入れながらこちらに耳を傾けてくれた。田中さんのお腹(なか)を包んだ白いコックエプロンは、大きく半円を描いて前にせり出している。まるで食べすぎたクマみたいと、私はいつも思ってしまう。あの中には一体何が詰まっているんだろうか。

「また混ぜるの断られちゃいました。これで五連敗です」

わざとらしく肩を落としてみせると、田中さんはガハハと笑った。どうして人が落ち込んでいるのにそんな豪快に笑うのだろうか。ムッとしたけど、この店でこんな風に愚痴を聞いてくれるのは田中さんだけだった。

「またかー。けど落ち込んでたらダメだよ。ほーら、喋(しゃべ)ってないで働こう」

「そうなんですけどー。流石(さすが)にへこみますよ」

「いとうちゃん、自分でわかってるんでしょー」

大きなお腹の人に、今自分が抱えているコンプレックスをチクリと突かれて、一気に顔が熱くなった。

「もう！　酷いですよー」

「酷いって。このままだと僕の仲間入りだよー」

田中さんはまたガハハと笑う。お腹に何が詰まっているかはわからないけど、その大きく開いた口はスパゲッティでも、お米でも、なんでも掃除機みたいに吸い込んでしまうんだろう。

不思議と怒りを感じないのは、田中さんが太っていることを別段悪いことだと思ってないからなんだろうか。私が入ってきた頃より太ってしまったことを、みんなが陰でコソコソ言っているのは知っている。裏表のない田中さんの言葉は、いとも簡単に私の心の垣根を飛び越えてくる。

入った時に支給されたこのユニフォームは、これ以上体が大きくなればスカートのチャックが上がらなくなり、パフスリーブのシャツのボタンがぱちんと飛んでしまうだろう。袖はもう限界が来ていて、袖口から贅肉が盛り上がっている。確実に肉付きがよくなっている。今の私は不安を脂肪で覆っている。

「ほーら、早く戻んないと」

人差し指を頭の上にのせ、牛なんだか、鬼なんだかわからない謎のポーズで、田中さんが私を急かす。

「はーい」

唇を尖らせたまま、ホールに戻った私はインカムのボタンを押す。ジーッという音が聞こえてから、

「いとうです。のえるさん、まぜまぜ、五番卓です」

と喋る。耳から飛び込んできたワードに、店内のメイドの空気が一瞬止まったのを感じた。ああ、また。私がサービスを断られたってみんな思うんだろうな。

自分でわかってるんでしょ。

田中さんの言葉が蘇ってくる。私は口から漏れ出しそうになったため息をグッと飲み込んだ。

耳の中がジーッと鳴る。

「マネージャーです。いとうちゃん、空いてる卓の片付け、お願いします」

「かしこまりました」

憧れて、期待を胸いっぱいに抱えて入ったメイド喫茶は残酷だ。接客業でもあり、人気商売でもある。チェキや、料理を混ぜたり、料理にお絵描きしたり、ご主人様たちとゲームしたり。そういうリクエストが多いメイドさんはご主人様たちの対応に追われて忙しい。

一方、ご主人様たちに声をかけてもらえないメイドは、ただの従業員と一緒。脇役でしかない。初めの頃はよく指名してもらえて、忙しくしていたのに。体重の増加と反比

例するように指名は減っていった。今は空いた皿を片付けたり、お店の掃除をしたり、チェキのシャッターを押してあげたり。雑用がどんどんと回ってくる。そうやって、せわしなく働く私の時給は、人気のある子たちに比べると随分と低い。雑用ばかり忙しくて嫌になる。月にフルで働いて十万円いくかいかないか。人気があればここに上乗せの報酬があるのかと思うと、貯金を崩して生活をしている私のため息は止まない。それもこれも、太ってしまったからだ。そうに違いない。スカートと腰巻エプロンの上にのった肉感のあるお腹。少し前まではもっとスッキリしていたはずなのに。ストレスのせいだ。現実と理想の違いに戸惑って、私の楽しみは食べることだけになってしまった。

ああ、何か口に入れたいなあ。厨房から漂ってくる、明太子スパゲッティのバターの香りが私の胃袋をくすぐっていく。

言われた通り雑用をこなそう。お客さんのいなくなったテーブルにはグラス、オムライス、カレー、あとケーキとパフェの皿。オムライスとカレーの皿を重ねて、その上にケーキ皿を重ねた。お皿にはチョコレートで描かれた可愛らしいクマのイラストと、丁寧な丸文字で、だーい好きの文字。これもものえるさんだ。テーブルに置かれていた紙ナプキンをぐしゃっと丸めて、その上にのせた。

「いとうちゃん」

帰り際、マネージャーの佐々木さんに引き止められた。彼はもうすぐ五十に差し掛かるであろうおじさん。細身のネイビーのスーツにいつも身を包んでいて、どこかギラギラした印象がある。スーツの下にはしなやかな筋肉が隠れているんだろうか。ファンシーなお店の裏側にスーツを着た男の人がいると、そのアンバランスさに、少しだけ怖くてどきりとしてしまう。

私はこの人が最初から苦手だった。お店に入った当初、ニックネームを決める話し合いがあった。私は『ありす』がいいと主張したのだけれど、佐々木さんは頑なにそれを拒んだ。

「ありすって感じでもないんだよねー。可愛い、ファンシーってより、伊藤さんはもっと親しみやすい感じがいいと思う」

そう言われてつけられたのが『いとうちゃん』だった。

「アナウンサーの人もさ、苗字にちゃん付けの方が親しみやすさがあるでしょ。そういう感じ。うちのお店では珍しいタイプの名前だから目立つと思うよ」

私の意見を聞き入れてもらえず、押し切られたことを私は未だに深く根に持っている。

佐々木さんはやれやれという目で私を見ている。

「何かありましたか？」

肩に掛けていたカバンをよいしょと掛け直す。

「いとうちゃんさ、太りすぎだよ」

ズドンと耳に銃弾が撃ち込まれた。耳がキーンとして、世界が遠くに感じる。頭が揺れてグラグラする。

私は言葉を失いそうだった。急に右手が痺れだして、指先まで鉄骨が入ったみたいにピンッと張って動かなくなる。

「別にいいんだよ、太っても。でもさ、それで人気落ちてるのわかってるでしょ」

「はい」

私は小さく返事をした。

「まだ入って間もないから慣れないことがあるのはわかるけど、それもコントロールできないと。バイトだとはいえ、仕事なんだからさ」

「すみません」

「すぐに元に戻せとは言わないから。ちょっと食生活とか、不安なことあったら見直していこうよ」

「ありがとうございます」

もう固まった右手にしか意識がいかなくなった。太ってることをひどく責められているような気がして、悲しくなった。私の生活が悪いから、心配性だから、ダメなんだ。憧れだけを抱いて飛び込んだこの世界は、私には向いてないのかもしれない。

俯（うつむ）いたままお辞儀をして、お疲れ様でしたとその場を逃げるように後にした。

辛（つら）いことがあった時、食欲がなくなればいいのにといつも思う。食べている間は何も思い出さなくていいってことが、いつの間にか自分の中でルールになっていた。

秋葉原から総武（そうぶ）線で新小岩まで帰る。乗り換えのないこの行き帰りは助かるけど、今日はどこかに寄り道したい気分だ。けれど、私の日常は秋葉原と新小岩を往復するだけで、東京の街をまだよく知らない。一人で知らない場所を歩くことはまだ怖い。

夜の電車の窓は、外の暗さのせいで鏡のように自分の姿を映し出す。座る気持ちにもなれず、ドアの横にもたれかかるように立つと、三ヶ月前より随分とふっくらした自分の顔が映っている。少し垂れ下がった頬のライン。期待に胸を膨らませていた時は、スッキリと上がっていたのに、どうして今は違うんだろう。右手の痺れはようやく治まってきた。

自分の顔にうんざりした私は、手持ち無沙汰（ぶさた）になった感情を心の引き出しに押し込めて、知らないふりをするためにインスタグラムを開いた。フォローしている人たちの楽しげな日常がスクロールしてもスクロールしても溢（あふ）れてくる。逆効果だったかもしれないと思った時、私の憧れのりんぴょんさんの投稿が流れて来た。

『今日は制服ＤＡＹでした。りんはセーラー服を着たよー。セーラー×ポニーテールって最強』

爽やかなセーラー服を着て、ポニーテールにしたりんぴょんさんは、サイダーのＣＭに出て来そうな爽やかな女の子だった。そのあまりの可愛さに、幸せのため息が出る。痩せたら、こうなれるのかな。

りんぴょんさんは、私のミューズだ。群馬から東京に出ると決めた時、ネットを駆使してどのお店に入ろうか私は探していた。ＳＮＳを見て素敵なメイドさんがたくさんいることも知った。歌ったり踊ったりしてる人たちもいるし、メイド喫茶というよりもコンセプチュアルなカフェがたくさんあることも。その中で、秋葉原で一番有名なメイド喫茶の、一番人気のメイドさんがりんぴょんさんだった。一人でイベントをすれば大盛況だし、フォトブックなんかも出している。群馬の田舎の本屋にはその本がなかったから、ネットで注文して手に入れた。思っていたより大きな段ボール箱を、とっておきの誕生日プレゼントをもらったような気分で、そろりそろりと開けると、ピンクを基調とした表紙に写るペロペロキャンディーを持って微笑んでいるりんぴょんさんと目が合った。

「かわいいっ」

思わず声に出してしまうほどの可愛さ。笑った時の八重歯が特に好きだ。どんな芸能人より、モデルより、りんぴょんさんは私の中の一番で、絶対的な女の子で、ミューズだった。

本当は彼女の働くメイド喫茶に入りたかったけど、あっけなく面接に落ち、五店舗目に受けた今のメイド喫茶『めたもるふぉ〜ぜ』で働くことになったのだ。

それでも、毎日同じ秋葉原で同じメイドをして給仕をしてるんだって思えるだけで、私のモチベーションは上がる。

セーラー服の写真、いいねボタンが一回しか押せないのがもどかしい。あと百回は押したいのに。

ああ、こんな風になれたら。そう思うだけはタダ。誰にだってできる。

五万円のワンルーム。トイレとお風呂は一緒になっている。実家暮らしだった私は、お風呂とトイレが同じ場所にあるところで生活するなんてカルチャーショックだったけれど、これ以上家賃は出せなかった。トランプ柄のシャワーカーテンをつけられることだけがバスルームで唯一私の気分をあげてくれた。

畳の上に薄ピンクのふわふわのラグを敷き詰めて、編んで作った毛糸のタペストリーや、ぬいぐるみ、ありとあらゆるファンシーでデコラティブなもので部屋を埋め尽くした。日当たりが悪いけど、その薄暗さと毛糸による埃(ほこり)っぽさが、どこか古めかしい空気感を漂わせてくれて好きだった。

家に帰れば、不安とストレスをぶちまけるように料理をしてしまう。台所には小さな流しと、一口のコンロがあるだけ。最低限の料理ができるスペース。特にお菓子作りをしている時の多幸感といったらない。溶かしバターの香り、そこに砂糖を混ぜれば香ばしい香りの中にふんわりと甘さが付け足される。ジャリッとするボールの中のものを丁寧に混ぜていると私の悲しさや虚しさも、一緒に溶けていく気がする。滑らかになればなるほど、心の角も取れていく。

　痩せようと思っていたはずなのに、朝起きてみればオーブンレンジの中で、ジンジャーブレッドマン型のクッキーが二十枚焼きあがっていた。こんがり焼けたそれを一枚取ってみると、クッキーが私を見て笑ってる。それは、慰めの笑顔なのか、嘲笑なのか、どちらともいえない表情だ。

　口に運ぶと、さっくりとした歯ごたえと、しっかりとした甘さが口いっぱいに広がった。美味しい、と思うとともに、太るなあと感じてしまう。

　今日の朝ご飯はこれだなと、残りの十九枚を雑にタッパーに入れて私は家を出た。歩くたび、カバンの中でガラガラとクッキーのぶつかり合う音がする。お店に着く頃にはボロボロになってしまっているだろうか。不安になって、駅までの道のりを、タッパーを抱えて一枚、また一枚と口に放り込みながら私は歩いた。

　天気はよくないし、朝から大量のクッキーをお腹いっぱいに食べて、私の胃は悲鳴をあげている。口の中の水分もほとんど持っていかれた。

「牛乳飲みたいー」

呟(つぶや)いてみるけど、誰も応えてくれない。さっきまで笑っていたジンジャーブレッドマンくんのほとんどが私のお腹の中だ。

「田中さーん」

今日はお店が始まる前に厨房に駆け込んだ。

「いとうちゃんどうしたの」

田中さんはいつもの恵比須(えびす)さんみたいな顔で受け入れてくれる。この笑顔に何度癒されたことか。

「聞いてください！　昨日マネージャーにも太ったって言われました」

「あらあら」

「あらあらじゃないんですよ。やっぱり、痩せないとダメなんですかね」

「うーん。僕は個性があっていいと思うけど」

「個性ですか。太ってるのは個性なんですか」

「痩せてるのも、太ってるのも個性でしょ」

「でも、私、痩せてたいです」

「じゃあ、痩せないと」

「ですよね……。田中さん、クッキー食べます？」

「急にどうしたの」

「昨日作ったんですよ。痩せたいって思ったのに」

食べてくださいと私はカバンの中からタッパーを取り出した。まだ数枚のクッキーが容器の中で笑っている。

「ジンジャーブレッドマン？」

「型だけそれのプレーン味のクッキーです」

　じゃあ一枚、と田中さんはクッキーをひょいっとつまんだ。

「うん、美味しいよ。さっくり、うまく焼けてる」

「ほんとですか？」

　褒められたことが嬉しくて、声が上ずってしまった。そんな私を田中さんは笑って見ている。

「ほんとほんと。残りももらっていい？」

「もちろんです！」

「やったー。今日のおやつゲット」

　タッパーを受け取った田中さんはクッキーをもう一枚、一口で食べてしまった。

「あれ？　で、何の話だっけ？」

「マネージャーに太ったって言われたって話です。痩せないとなのに、痩せ方がわかりません」

「そうだ、そうだ。……僕は昔からこんな感じだからなあ。僕にも痩せ方ってわかんないや。太ってて色々言われることもあったけど、その自分を好きになってあげないと自分が傷付くだけだよ」

「もう、傷付いてますよー」

「どうして？」

どうしてだろう。私の中にはもう一人の自分がいて、その自分は理想的な自分だ。細くて、すらっとしてて、りんぴょんさんみたいに人気のメイドさん。でも、実際はどんどん丸くなってきて、人気もそんなにない。群馬から出てきた雑用係のメイド。

「理想と現実のギャップに打ちのめされて」

「じゃあ理想を手に入れるか、現実を受け入れるか、自分と相談しなくちゃだ」

「田中さんは、そういうことないんですか」

そうだね、と言って田中さんは上を向いた。いつも二重になってる顎の肉が首の方にストンと流れた。

「僕は、この僕が好きだから」

恵比須さんの笑顔で田中さんは私を見る。

「どうするかは結局自分次第だよ。僕がいとうちゃんを肯定してあげることは簡単だけど、結局は自分が肯定してあげないとなんにも変わらないと思うよ」

田中さんはそう言った。私には返す言葉がなかった。自分が酷く甘えた人間に思えた。でも自分を肯定するってなんだろう。以前より重くなったはずの自分の体の真ん中に、ぽっかりと穴が空いたように感じた。穴があるのに、体はその体積分軽くなってはくれない。


「いとうちゃん、三番卓のオーダーお願いします」

「はーい」

言われた通り三番卓に向かうと、そこにはお嬢様が三人ご帰宅されていた。高校生の三人組だ。茶色い長い髪を巻いて、前髪は右側に流している。三人とも同じ髪型で、顔は違うのに髪型のせいでクローン人間みたいに見える。

「こちらのテーブルを担当させていただきます。いとうちゃんです。お嬢様、よろしくお願いいたします」

決まり文句を言って、丁寧にお辞儀をすると、くすくすと笑う声が聞こえてきた。その声は私が顔をあげると同時に止む。脇に抱えたメニューを差し出し、こちらにご帰宅は初めてですかと聞くと、帰宅ってとばかにした答えが返ってくる。初めてでしたら、システムを紹介いたしますねと私はお店の紹介を始めた。この子たちは完全に冷やかしのタイプだろう。私の一言一言や、お店の料金に大げさに反応を示してくる。

「では、ご注文が決まりましたら、またお呼びください」

席を後にすると後ろからどっと笑い声が響いた。それはあまりにもお店にそぐわない下品な笑い声だった。

「はーまじ無理！」

「あんなブスなメイドもいるんだね」

「ブスっていうか、デブ？」

「もはやデブスじゃん、それ」

「それそれ、デブス」

「よくいえばぽっちゃりだけどさ、そこに需要あるタイプなのかもねー」

私は聞こえないふりをして奥歯を噛み締めた。こんな近い距離で、聞こえるように言うなんて、一体私になんの恨みがあると言うのだろうか。憤りがお腹の中に生まれて、血管を伝ってどくどくと体全体に流れ込んでいく気がした。

聞こえていたのは私だけではなく、周りのメイドたちもくすくすと笑っている。他のご主人様もだ。その笑い声は小さなざわめきになった。私はエプロンをぎゅっと握りしめる。

背中をポンポンと叩かれて振り返ると、常連のご主人様がニヤニヤした顔つきでこう言ってのけた。

「いとうちゃん、言われちゃったねえ」

その一言が積もりに積もった、ざらついた感情の引き金を引いた。普段なら笑って受け流せたかもしれないのに、お店のざわめきと、こんな些細(ささい)な一言が私の心をえぐってくる。この人には私の抱えている気持ちなんて、到底理解できないだろう。一体、一体、一体。私があなたたちに何をしたと言うんだ。もはやどうしてここにいて、立っているのかもわからなくなった私はへなへなと床に座り込んでしまった。力の抜けた体は、骨がなくなって、ぶよぶよしているみたい。

ポロポロと大粒の涙が溢れ出して、声もなく泣いた。止めることができないそれは、制服の胸元をひたすら濡らしていく。目の前では私に声をかけたご主人様がギョッとして、オロオロしている。そんなことはどうでもよくって、上を向いてただ涙を流して自分を恨んだ。

どうして東京になんか出てきてしまったんだろう、どうしてもっと早くに気がつかなかったんだろう。理由のない不安に押しつぶされそうになったことに、自分がもっと真剣に向き合っていれば、こんなことにはならなかっただろうに。地元を飛び出して、知らない場所で、一人で暮らして。不安を抱えても相談できる人なんて田中さんくらいしかいなくて。

今までろくにやってこなかった家事も、どうにかこなしながら、貯金を崩し少ない給料で生活していくことは大変で。家を飛び出すように出て来た手前、親の脛はかじりたくなかった。それなのにお金は食費でどんどん消えていった。料理をしていれば何も考えなくてすむから、家にいる時間のほとんどを料理に費やした。安くて、量があって、お腹が満たされるもの。そんなものばかりを食べて、なおかつお店の賄いをお腹いっぱい食べた。食べている間は幸せだった。そうしたらみるみるうちに太ったのだ。誰のせいだ？　私のせいなのか？　自分をちゃんと大事にしなかった私が悪いんだろうか。そもそも、太っていることは悪なのか。

もう何も考えたくなくて、どうしたいのかもわからないのに、涙は溢れた。このまま涙が出続けて、『ふしぎの国のアリス』みたいに涙で洪水が起きればいいのに。

ああ、そうだ。太っていてもいいから、あの食べたら大きくなったり、小さくなったりする食べ物が今欲しい。『ＥＡＴ　ＭＥ』って書いてあるあのクッキーや、芋虫のおじさんが座っていたキノコ。右が大きくなって、左が小さくなるんだっけ？　大きくなってこの建物をぶち壊してもいいし、小さくなってどこかに逃げ隠れしてもいい。とにかく、ふしぎの国に行きたいと思った。

目の前のご主人様はまだオロオロしている。何人かのメイドが集まってきて、私に声をかけたり、背中をさすったりしてくれている。でもその声は遠い。

「どうしたの？」

「何かあった？」

「何か言ったんですか？」

あ、この声はマネージャーの佐々木さんだ。佐々木さんは今日もあの細身のスーツを着ているんだろうか。お願いだから出てこないで欲しい。この場にあの格好はそぐわない。夢の世界が壊れてしまう。

「そ、そこの女の子たちが、いとうちゃんのことを話してたから、言われちゃったねって言っただけだよ。そ、そうしたら」

僕はそんな酷いことを言ってないですよ、と懸命に説明する姿は滑稽だ。たとえあなたにそんなつもりがなくても、積もり積もった感情の引き金を引いた罪は重い。

「わかりました。とにかくいとうちゃんを裏に連れて行こう」

私はそのままアリスになることも叶わず、重たい体を佐々木さんと何人かのメイドに支えられて休憩室まで運ばれた。古びたソファに横たえられて、上からブランケットをかけられている。天井には雑居ビル特有の謎のシミがいくつもある。それを見ていたら急に涙が引いていった。突然溢れてきたくせに、あっけない。

「いとうちゃん、どうしたの」

佐々木さんの声がする。どうしたのと言われてもうまい言葉が私には見つからなかった。天井のシミひとつひとつが繋がって、チェシャ猫のニヤリとした口元が浮かんでいるように見えた。

「あの男の客に何か言われた？」

「……あの人じゃなくて。いや、あの人もなんですけど。その前に……女の子たちに」

「ああ、若い子たちか」

「はい。……デブだって。ブスだって言われました」

自分で言うと悲しくもなんともなかった。私はデブで、ブスなんだ。

「そんな言葉気にしなくていいから」

「でも、みんな思ってるじゃないですか。私が太ってるって」

返事はなかった。

「佐々木さんだって、昨日私に言ったじゃないですか。太ったねって」

「そりゃあ、言ったけども」

「言ったじゃないですか。それなのに気にしなくていいなんておかしくないですか。そんな優しさいらないですよ」

佐々木さんは困っている様子だった。ごめんと一言謝られたけど、別に謝罪の言葉が欲しいわけじゃなかった。

「いとうちゃん、今日はもう上がっていいよ。ゆっくりしてください」

私の返事も聞かずに佐々木さんは出て行ってしまった。私は動く気力もなく、また一人で天井を眺めた。私がメイドに憧れたのは、潜在的にフリフリのスカートや、少女的な格好が好きだったからなんだろうか。『ふしぎの国のアリス』のモチーフが昔から好きだったことを思い出した。

アリスが穴に落っこちて、くるくる回りながらゆっくりと下降していく時もこんな天井があっただろうか。私の体も今すぐひゅっと下に吸い込まれて、ゆっくりゆっくりと回りながらどこか知らない場所へと落としてくれないかな。そんなことばかり考えていたら、いつしか眠りについていた。

夢の中で私は料理をしていた。特大のホールケーキを作る私は、幸せな気持ちでいっぱいで生クリームを泡立てて、ふかふかのスポンジにそれを塗りつけていた。たっぷり、たっぷり塗れば塗るほど幸せは増していって、最後に真っ白にコーティングしたケーキの上に瑞々(みずみず)しい真っ赤ないちごを五つのせた。完成してすぐに、それにかぶりつく。甘くて美味しくてとろけそうだった。いつも食べる時は何も考えないようにしてるのに、夢の中では楽しいとか、嬉しいとか、そういう気持ちでいっぱいだった。罪悪感はどこにもない。

私の体は食べれば食べるほど膨らんでいくのに、サイズは小さくなって、最後にはアリンコくらいのサイズになっていた。もう食べられなくて、幸せだーってところで、コンコンというノックの音で目が覚めた。幸せの淵で微睡んでいた私は、いとうちゃん、大丈夫？　という声で飛び起きた。

ドアから顔を覗かせていたのは田中さんだった。今日はもう上がったのか、いつものコックエプロンではなく、ネイビーのゆったりとしたスウェットにデニムというラフな格好だ。いつも細い目が少し開いていて、こちらを心配そうに窺っていた。

「田中さん」

「まだ帰ってなかったんだね」

上がっていいよと言われていたのに、ここで眠りこけていたことが急に恥ずかしくなった。目をこすると、泣いたせいかアイメイクが落ちていて、指先がマスカラのカスや、アイラインでポロポロと黒く汚れていた。前髪を手櫛で直して顔を隠そうとはするけれど、目の上で切り揃えられた前髪では自分の顔は隠れなかった。

「ごめんなさい、顔ぐちゃぐちゃですよね」

「そうだね」

ここで大丈夫だよと言わない正直さに少し安心した。どうしましょうと笑ってみせると、田中さんも鏡に映したみたいに笑ってくれた。

「いとうちゃん、大丈夫？」

「少し休んだら、大丈夫になりました。帰らないと」

「お腹、空いてない？」

「今、何時ですか？」

「もうすぐ七時かな」

どうやら私は四時間ほど眠りこけていたみたいだ。お店はあと二時間ほどで閉店だ。お昼には賄いのオムライスを食べていたけれど、たくさん泣いて、たくさん寝たらすっかり私の体は空っぽになったみたいで、小さくぐうとお腹が返事をした。

「空いてるみたいです」

「僕もう上がったんだけど、賄い、食べる？」

「でも、私なんにもしてないのに」

「いいよ。僕の分で作って持ってきてあげるから」

僕は帰りに牛丼でも食べて帰るから大丈夫、と言って田中さんは行ってしまった。

ふっと体の力が抜けると、どっと疲れと空腹が襲ってくる。何か美味しいものをお腹いっぱい食べたいなと、さっき見たばかりの夢を思い出す。

自分でご飯を作って食べる時は、砂糖も塩も、バターだって多めに入れて、味付けは濃厚にしていた。舌が麻痺して、脳みそがボワーンとすればするほど、嫌なことも、現実からも遠ざかれる気がしたからだ。反面、罪悪感もそのあとを追いかけるように生まれる。夜寝る前や、食べた後には、どうして食べちゃったんだろう、また太ってしまうじゃないかという気持ちが私を襲ってくる。それは恐怖として私に重くのしかかる。

そこから、抜け出せることとなんてあるんだろうか。それが、田中さんの言っていた自分を認めるってことだろうか。

私はまた天井を仰いだ。シミは相変わらずそこにあって、きっと消えない。このままなんだろうな。

休憩室の端にある小さな棚の中に、私の着替えとカバンが置いてあった。体重的にも気持ち的にも重い体を持ち上げて、カバンの中からスマホを取り出してインスタグラムを開くと、りんぴょんさんのストーリーのアイコンの周りが赤く光っていた。

インスタグラムの通常の投稿とは違って、二十四時間で消えてしまう投稿。タップして開いてみると、りんぴょんさんがフォロワーからの質問に答えていた。画面に表示された小さな四角の中にテキストボックスがあって、そこに質問を打ち込んで送信されたものの中から彼女がいくつか選んでストーリーの中で答えていく。

私も何か質問してみよう。答えてくれなくても、ここに何か書き込むことで胸のつかえが取れるかもしれないと思った。書き込んだものはりんぴょんさんのアカウントでしか確認できないはずだ。

小さなテキストボックスに私はこう打ち込んだ。

『太ったねと言われるのに、痩せられません。どうしたらいいでしょう』

そんなこと知らないよ。自己管理能力の問題でしょうと切り捨てられてしまうかもしれない恐怖感に襲われそうになったけど、もし、もし、答えてくれたらそれだけで私は嬉しい。

送信ボタンを押して、りんぴょんさんが既に答えた回答を見る。彼氏と別れたくないほど好きすぎて困ってます。今日のお昼ご飯は何食べましたか。今日は休みなんですか。明日着る洋服ってどうやって決めていますか。やる気が起きません、アドバイスください。なんでもない、どうでもいい質問にもりんぴょんさんは一言では済まさずに、可愛い写真を添えてテキストで丁寧に答えている。メイドとして、というよりは、人として素敵だなと思う。やっぱり私の憧れのミューズだ。

タップをすれば次々に質問の返事が現れてくる。最新の質問が更新された。それは私の質問だった。一瞬、息が止まる。まさか、本当に答えてくれるなんて。テキストボックスの中には私の送った文章が書かれている。その下に、りんぴょんさんからのメッセージ。それを見るのが初めは怖くて、私は何度も自分の送った文章を読んでしまった。

太ったねと言われるのに、痩せられません。太ったねと言われるのに、痩せられません。太ったねと言われるのに……。

そうしていたら画面がインスタグラムのホーム画面に戻ってしまった。ストーリーは一定時間見ていると次の投稿に移り変わってしまうから、私は慌ててりんぴょんさんのアイコンをもう一度タップして表示させる。画面をタップして、タップして、切り取り線みたいに多いストーリーの画面を送る。そして私の質問まで戻ってきた。

『太ったねって言われたり、痩せたいと思っているのに痩せられない時って、実はその自分に満足してる時なんじゃないかな。私も痩せなきゃーって言って痩せない時って、どこかでこれでいっかって思ってる。スカートが入らなくなったりして、ヤバってなるとやっとスイッチ入るかな。私も一緒だよ』

自分に満足してる、のかな。私。東京に出てきてまだ三ヶ月だけど、私は食べること、増えていく体重に関して、確かに自分を肯定し続けてきた。だってストレスなんだもん、不安なんだもん、食べてると落ち着くんだもん、だから太っちゃうのはしょうがないでしょって。誰かにそうだねって、しょうがないねって言って欲しいと思いながら、自分を肯定していた。周りはそれを認めてはくれないから。

ああ、私はこんな自分が好きなあまちゃんなんだ。

「できたよー」

甘く香ばしいバターの匂いをさせた田中さんが休憩室に入ってきた。手には大盛りの明太子スパゲッティを持っている。桃色のスパゲッティ。ため息が出ちゃうくらい艶（つや）やかで美味しそうだった。

「いい匂い」

「お腹空いちゃうよね」

ありがとうございますと、いただきますを伝えて、私はスパゲッティをぐるぐるとフォークに巻きつけて頰張った。口の中でアルデンテに茹でられたスパゲッティと明太子のプチプチが弾けあって、それを甘いバターが包み込んでくれる。全てが滑らかで、するすると喉の奥に吸い込まれていく。

「いとうちゃん、いい食べっぷり」

食べっぷりを褒められるのも、美味しくて幸せだと思えることも、食事を嚙み締められるこの瞬間も、日常の中で特に好きだ。それに、料理をすることも本当は楽しい。辛いことがあるとその瞬間は悲しさや不安に溺れそうになったけれど、それを紛らわしてくれる喜びが、作ることや、食べることにはあった。人にそんな自分を認めてもらえないのはしんどい。

でもみんながみんな否定的なわけじゃないんだよね。

「ほんっとに、美味しいです！」

「そう言ってもらえると嬉しいよ」

田中さんは自分の作った料理を褒められると凄く嬉しそうにする。嬉しいの言葉も、笑顔も、このスパゲッティをより一層美味しいものに変えてくれる。

「田中さん」

　私はゴクリとスパゲッティを飲み込んで田中さんを見た。薄暗く感じていたこの部屋が、今は明るく見える。

「私……お店、辞めようかな」

「え？」

　田中さんの目が今までで一番大きく開いた。一円玉みたいな目で私は思わず吹き出してしまう。ヒーヒー言いながら笑っていると、田中さんは狼狽（うろた）えていた。まるでアリスの白うさぎみたいな慌てっぷりだ。なんでなんでとずっと繰り返している。

「私、食べるのが好きなんです。痩せるつもりはたぶん今はなくて。今の自分が好きとは言い切れないけど、食べて幸せだって思える自分は気に入ってはいるんです」

「だから？」

「だから、ここにいると窮屈なのかなって」

　制服がって意味じゃないですよって付け足すと、田中さんの目は一円玉からまた恵比須さんの顔に戻った。

「甘えかもしれないんですけどね。どうなんでしょう」

「そっか」

　寂しくなるなと田中さんは言ってくれた。

「メイドちゃんたちはみんないい子だけど、僕に懐いてくれたのはいとうちゃんだけだったからさ。なんでもない話をできる子がいなくなるとしたら寂しいよ」

「私もです。短かったけど、田中さんにいっぱい助けてもらってました。ありがとうございます」

「お礼なんていいよ。あ、早くしないとスパゲッティ冷めちゃうから」

「ほんとだ！」

固まり始めたスパゲッティをフォークでほぐして、私は急いで口に運んだ。少し冷めても、濃厚なバターと明太子の味が私を幸せにしてくれる。

「はー、これが食べられなくなるって思ったら、辞める気持ちがゆらぎますね」

「それなら辞めるのやめなよ。って言ってもお店に来れば、いつだって食べられるんだけどね。僕はクビにされない限りはここにいるからさ」

「妖精さんですもんね」

「そう、僕料理の妖精だからさー」

こうやってくだらない冗談を言い合って笑い合うことがなくなるとしたら、それはやっぱり寂しいなと思った。でも、私はここを離れようと決心した。自分が一番のびのびとできる場所を東京で探そう。


秋葉原の雑居ビルの四階にあるお店の木製の扉を開けると、まだ営業前だからか店内はシーンとしていた。

「こんにちは。面接に来ました。伊藤です」

奥からバタバタと走って来たのは男性だった。デニム姿のラフな格好で、天パなのか、おしゃれパーマなのか、長くした髪を一つにまとめている。とっつきやすそうな人だと思った。

「あ、伊藤さん？」

「はい。伊藤です。面接をお願いしていた」

「はいはい。僕はマネージャーの朝永（ともなが）です。じゃあ、ここに座って面接しましょう」

そう言いながら朝永さんは私の座る椅子を引いてくれた。ありがとうございますとお礼を言い、私は腰をおろす。

面接の内容はシンプルなものだった。どうしてこのお店で働きたいのかとか、今までのバイト歴とか。滞りなく、和やかな雰囲気で面接は進んでいった。

「伊藤さん、もし働いてもらえるとしたらいつから来られますか？」

「私は明日からでも大丈夫です。すぐにでも働きたいです」

「そっか、そっか。ありがたいね。ただね……」

それまで笑顔で私の話を聞いてくれていた朝永さんの表情の雲行きが怪しくなった。

眉間にしわを寄せて、顎を人差し指でさすっている。

「伊藤さんは、身長が１５４センチでしょ。失礼かもしれないけど、体重は今？」

「えっと……」

「あ、デリケートな話ではあるから、無理に言う必要はないよー」

「いや、大丈夫です。今は59キロです」

「あーやっぱりそれくらいだよね」

「体重が何か？」

朝永さんの顎にあった人差し指が今度は口に当てられてトントントンとリズムを刻み出す。

「ちょっとね、ちょっとなんだよ、ちょっと体重足らないんだよね」

「体重が足らないんですか？」

私は思わず聞き返した。

お店を辞めて一ヶ月。色々とお店を探す中で私にぴったりの場所を紹介してもらった。それがこの『ぽっちゃりメイド喫茶ぽむぽむ』だ。たくさん食べてもよくて、メイドもできる。ここはそんな場所。

「１５４センチの標準体重が大体52キロなのね。うちのお店はＢＭＩが25以上からしか働けないんだよ。あと1キロでそこに達するかな。贅沢を言えば、65キロまでいってもらえるとありがたいかな」

「もっと、太っていいんですか？」

「もちろん、今だとちょっと足らないくらいかな」

お店には女の子の体重でランクがあるらしい。ぽっちゃり、ましゅまろ、むちむち、ぽむぽむと分けられている。私の今の体重では、一番下のぽっちゃりに手が届くかどうか。

お店を辞めてからというもの、実家と東京の家を行き来しながら好き勝手に食べて更に3キロ増量したのに、今の状態で足りないと言われるなんて。

「もし働くとしたら」

「もうどんどん食べて太って！　お店に来る人も、自分が食べるよりみんなに食べさせることを目的に来る人も多いから、まあ1キロくらいなら働き始めたらすぐか」

「本当にもっと太っていいんですか」

「もちろんだよ。だって、そういうコンセプトカフェなんだから」

「私、いっぱい食べて太ります！」

「いいねえ、じゃあ明日から来てもらおうかな」

「よろしくお願いします」

帰り道、荒川沿いを帰る私の足取りは軽かった。体は重いけれど、だ。スキップをすればウエストがゴムのスカートが少しずつ上がって来る。それを煩(わずら)わしく思いながらも、スキップすることをやめられない。

　スマホを取り出し、通話履歴の一番上をタップする。何回かコール音がした後ほっとする声が聞こえた。

「いとうちゃんどうしたの？」

「田中さんが紹介してくれたお店で、働けることになりました！」

「おー！　それはよかった。おめでとう！」

「ただ、体重が足りないから、もっと太ってって言われちゃいましたよー。なんと、私、痩せてるみたいです」

「そりゃあ大変だ！」

　電話の向こうでは豪快に笑う声がする。

「もっと太らないと。だから、今度明太子スパゲッティ大盛りで作ってください。バター増し増しで！」

「じゃあ、いとうちゃんのバイトが決まったお祝いに、特別に作ってあげるよ」

　やったー！　と叫んだ声は、真っ青な空に吸い込まれていった。水彩絵の具みたいな空は、この間まで好きじゃなかったのに、今日はやけに清々(すがすが)しく感じた。

「約束ですからね！」

完熟

視界に緑が広がる。薄いものや、濃いもの、一口に緑といっても自然が作り出した濃淡は驚くほど鮮やかだ。特にこの暑い季節のそれは密度を増してここにいると存在を主張しているようだ。風が吹くたびに強い緑の匂いと、遠くの木々たちのざわめく音が僕の中に飛び込んで来る。まっすぐに延びた田んぼ道。四角く整理された景色と、真っ青な空はそれを黙って見ている。空を近く感じさせる大きな入道雲だけが、ゆっくりと流れていた。

何もない、退屈な田舎での夏休みだ。自転車を飛ばして今日はどこまで行けるだろうか。そうやって、行って帰ってを繰り返すことでしか、自分の中に溜まりに溜まって吐き出せないものを、消化することができない十五歳の夏。

受験がどうだとか、勉強をしろとか言われるけれど、そこまで真剣に勉強をしなくたって、この町に一つしかない高校に進学できるレベルの成績を持ち合わせていることぐらい、自分が一番よくわかっている。

緑色の若い稲は長くつらなって規則正しく並んでいる。自転車に乗っている僕には緑の光としてヒュンと視界の端に消えるだけのものだ。

随分と長い間自転車を漕いだ。白いTシャツが肌に張り付いて、絞ったら勢いよく汗が滴り落ちるだろう。この夏だけで、僕はかなり肌を焼いた。

　喉が渇いた。冷たい水を飲もう。そう思って一度止めたペダルをもう一度グッと踏み込む。惰性で回っていた車輪が息を吹き返したようにカラカラと鳴き始めた。

　自転車を走らせた先に、小さな川がある。溢れ出した湧き水が小石を押し流して小川を作り、田んぼへ注ぐ用水路に流れ込んでいく。天然の水は、透き通って綺麗だし、夏でも冷たくてうまい。

　疲れたらここで涼んで、水をたらふく飲んで、また自転車を漕ぐ。それだけを毎日繰り返す夏休みだ。

　しかし、今日は違った。小川の始まりである湧き水の場所に、一人の女がいた。半袖の開襟シャツを着て、淡い水色のロングスカートをはいた女は、黒く長い髪を耳にかけながらしゃがみこんでゴソゴソとしている。

　自転車を止め、近くの木の陰から女の様子を窺ってみた。

　女は、僕よりも三つか四つほど年上の雰囲気を身にまとっていた。背中は薄く、シャツから伸びた腕のしなやかな細さ、尖った肘には女性らしさがあった。長い髪が太陽の光に照らされて輪っかを作っている。眩しくて目を細めた。あれじゃあ頭のてっぺんが熱いだろうに。

　女は水辺で一心不乱に桃を食べていた。

湧き水に浸して冷やしていたのだろうか。時折冷たいという表情を見せながらも、伏し目がちに、桃にかぶりつく。

よく熟れていそうなその桃は、彼女が歯をむき出しにしてかぶりつくと口の端から果汁が溢れ出して、頬や腕を、そして顎を濡(ぬ)らした。そのたびに彼女は口の中に溢れる果汁に恍惚(こうこつ)の表情を浮かべながらも、その奥に髪の毛や衣服を汚さないようにという葛藤(かっとう)のようなものが眉間に表れている。

肘の先からポタポタと垂れた果汁は、川の中に落ちて波紋を作る暇もなく流されていく。

女は器用に桃を回しながら食べる。時折、するりと手から落ちそうになると、女はぎゅっと桃を握り直した。そのたびに柔らかい果肉に指がズッと入り込んで、その食い込んだ指先が妙に色っぽかった。

木陰に隠れてその姿を見ていると、どうしてかいけないことをしている気持ちになってしまう。ゴクリと生唾を飲み込んで、僕は木陰から抜け出し、湧き水を飲みに行った。

「こんにちは」

それまで伏し目がちだった女の目が、初めてパッチリと開いた。

キョトンとこちらを見つめる目の奥がキュッと小さくなったのがよく見える。ぽかんと開いた口と、桃の果汁で濡れそぼった口元はさっきまでは色気に溢れていたのに、急に子供っぽく見えておかしかった。

女は見た目よりも落ち着いた声で、こんにちはと言って、まだそんなに日に焼けていない腕で口元をゴシゴシと拭いた。

その様子を見て見ぬふりをして、僕は黙々と水を飲んだ。本当は汗まみれのTシャツも、汗で濡れた頭もここで一気に洗い流したかったけど、冷たい水の中には女が持ってきたであろう桃がザルに入れられ、いくつか浮かんでいた。

「君、ここの子？」

女は最後に残った桃の種をひょいっと口に放り込んで、片方の頬を膨らませながら聞いてきた。種が大きいのか、不自然に膨らんだ頬はリスみたいだ。時折カラカラと種が歯に当たる音がする。

僕はゆっくりと頷いた。

「静かでいいところだね。自然の音しかしない」

「なんにもないけどね」

濡れた口元をTシャツの裾で拭いた。自分の汗が顔にまたついただけだった。

すると女は果汁で濡れた腕や手を、川に浸してゆっくりと洗ってから、その手をスカートの裾で拭った。そしてポケットから、小花の刺繍がしてある白い綿のハンカチを出し、僕に渡してきた。

「これで口拭きな」

そう言う彼女の水色のスカートは、濡れたところだけ濃い青色になっている。

僕は黙ってハンカチを受け取ると、口元にそれをあてがった。すっと水の粒たちが吸い込まれていき、しょっぱさだけが少し残った。

「ありがとう」

「いいのよ。はしたないところ見られちゃったから。秘密ね」

人差し指を立ててポーズをとってみせる女の姿が、スローモーションのように見えて僕は立ちくらみがした。太陽の光に目をやられたのか、緑の濃さに酔ってしまったのか。はたまた日射病なのか。わからない。けれど、僕の心が、体が、得体のしれないものにかき乱されたことだけは確かだった。

女ははにかんでから、ザルに入れて冷やしていた桃たちを水から引き上げると、涼しげにスカートを揺らして去って行った。

僕はどうすることもできず、ただその場に立ち尽くし、彼女の長い髪の毛と、スカートの裾を眺めるだけだった。

もう一度ハンカチを口元に持っていくと、さっきまでしなかった、熟れた桃の匂いがそこに閉じ込められている気がした。

あの女は、夏休みに町にやってきていた都会の人間だということが、後からわかった。小さな町だ。誰かが来たという情報はあっという間に広がっていく。

あれから二十年が経った。俺はあの時のハンカチを女に返すことなく、今も持ち続けている。大切に、袋に入れて。

時折、どうしようもない寂しさに襲われたり、内側から溢れてくる人間の本能を感じた時、袋からハンカチを取り出して体に染み渡らせるように匂いを嗅ぐのだ。一度も洗っていないが、いつまで経っても濃い桃の匂いがする気がして、心が落ち着く。

人には様々なフェチがあると思う。あの日以来、俺は桃を食べる女に対して異常なフェティシズムを感じるようになった。しかし、それは綺麗に切って器に盛られた桃を上品に食べる女の姿ではなく、強烈に脳裏に焼きついた、あの夏に出会った歯をむき出しにして桃にかぶりつく女の姿にだ。口元が濡れそぼって、果肉に指が食い込んでいく。それを想像するだけで、骨が震えるほどの興奮を覚える。

けれど、そんな風に桃を食べる女はなかなかいない。何度か子供たちが公園や河原で桃にかぶりついている姿を見たが、それは可愛らしいだけだった。

やはり、ほどよく成熟した女でないといけないのだ。

このフェチを周りに話したところで、共感を得るのは難しかった。あの夏に見た、女が伏し目がちに桃を貪る姿は、俺の記憶の中にしか残っていないのだから。

だから俺は、女性と付き合うとわずかな期待を込めて桃を買って帰るようになった。

誰か一人でもいいから、桃にかぶりついてはくれないだろうかと期待をして。


もう夕飯の片付けもあらかた終わった。あとはゆっくりとソファに腰をおろして、お風呂が沸くのを待つだけだ。その間をつなぐように、私は台所に立って桃を剝いている。

夫と結婚して五年になる。付き合っていた時期を入れれば、私たちは八年連れ添った仲だ。夫は毎年、夏がやってくると、頻繁に桃を買って帰ってくる。私も桃は好きだ。彼も、桃が好きだという。とはいえ、なくなるたびに「買ってきた」と渡されても、飽きてしまうのが普通だ。

正直、桃の季節がやってくると、私は少しだけ気が滅入る。

夫のことを愛している。いいところも、悪いところもあるけれど、それをひっくるめて包容し、共に歩んでいけると思ったから結婚を決断した。彼も同じであって欲しいと思う。けれど、一つだけ。どうしても気味が悪いことがある。それが桃への執着心だ。

桃が好きなのはよく知っているが、彼は私が桃を剝く姿をじっと見つめているのだ。何も言わずに、只、じっと。

その視線はどこか湿り気を帯びていて、時折狂気めいたものが垣間見られる。あまりにも真剣に見すぎて、口から涎が垂れていることに気づいていないこともあった。

夫のそんな一面を私は受け入れられずにいる。八年間ずっとだ。

桃の割れ目に包丁を入れ、ぐるっと回す。種と果肉をつなぐ繊維がプチプチと音を立てて切り離されていくのが聞こえる。私はこの音を聞くのが好きだった。二周、三周とぐるりと刃を回し続ける。だんだんと音は聞こえなくなっていく。

夫が買ってくる桃は若いものではなく、完熟に近い熟れたものばかりだ。だから、刃を入れた桃を素手で回し、二つに切り離すのにとても気を遣う。力を入れすぎてしまえば、熟れた桃は簡単に潰れて形が悪くなってしまう。

そっと触れて、ゆっくりと力を入れてみる。今日は思ったより、すんなりと二つに分かれてくれそうだった。それでもゆるく力を入れた手によって、わずかに果汁が溢れ出し、指先から腕に汁が伝っていく。

ふと視線を夫の方にやると、その流れていく雫をかたずを呑んで目で追っていた。

見て見ぬふりをして私は桃を二つに切り離すことに集中する。ポンと分かれた片方には、繊維のついた種が。もう一つには、空洞が。

アボカドの種を取るのと同じ要領で、スプーンを使ってうまく種を取り外すと、夫が口を開いた。

「桃の一番美味しいところってどこか知ってる？」

私は首を横に振って、果肉じゃないのと答えた。

「違うんだよ。桃の一番美味しいところは種なんだ。種の周りについた繊維や果肉が一番甘くて美味しいんだよ」

「食べる？」

「君が剝いてくれてるんだから、一番美味しい部分は君にあげるよ」

梅干しの種を口の中で転がすのは好きだった。子供の頃、甘酸っぱい果肉を口の中で丁寧に剝がして、そこから飛び出してきた種に染み込んだ味がなくなるまで楽しんだ。最後はグッと力を入れて種を割り、中から飛び出した柔らかい部分を食べる。それは私だけの秘密の行為のようで特別だった。

しかし、桃の種はどうなんだろうか。梅干しの種と違ってサイズも随分と大きい。口の中に入れれば不格好に見えるだろう。

躊躇（ためら）う私をよそに、夫の視線は熱を帯びている。これは、あげるなんてものではなく、食べろと言っているのだろう。果汁で濡れた手のまま、外したばかりの種を私はおずおずと口の中に入れた。やっぱり思ったよりも大きい種は、口のどこに収めるべきかわからずに私は困ってしまった。

「美味しい？」

「大きくて、ちょっと」

口の中で転がる種は喋（しゃべ）るたびに歯に当たって、カツカツと音が鳴る。それがどうにも恥ずかしかった。なんとか頰に収めることで落ち着いて、ゆっくりと味わいながら、私は桃を剝くことを再開した。

柔らかくなった桃は、包丁を皮に当てるとすんなりと剝けてくれる。林檎や梨のように、身を剝きすぎてしまうことがないから安心だ。丁寧に皮を剝いて、食べやすいサイズに切り分ける。

口の中では甘い桃の味が充満している。もうこれだけで満足してしまいそうなくらいに。

切り分けたものをガラスの器に移して、食卓に運ぶ。私の口の中にはまだ種が入ったままだ。

出すタイミングを失ってしまい、まだコロコロと転がしてしまう。

「ずっと口の中に入れてると、甘さが強くなる気がする」

モゴモゴと話す私の顔を、夫は満足気な笑みを浮かべて見つめてくる。

彼はゆらりと立ち上がり、私のもとへとやって来た。種の入った頰をゆっくりと触り、膨らみを確かめられる。妙な感覚が首筋に走って、ゾワッとした。顎を手で包みこまれ、口を開けるように促される。

されるがままに顎の力を抜くと、夫の指が口の中に入り込んでくる。温度の違うものが急に割り込んできたことで、私の舌はキュッと縮まって硬くなる。ゆっくりと、口の中を指でかき回されて、頬に収められていた種に指がかかった。その瞬間、夫の目は一番の宝物を見つけたように、光をいっぱいに放って輝いていた。

そっと引き抜かれた種は、唾液が絡んでとても綺麗とは言えない。桃の種のゴツゴツとした表面に、私の口の中で剝がしきれなかった繊維が細く残っている。なんだかおぞましい生物の幼虫のように見えた。それを夫は大切そうに手のひらの上で転がし、初めて虫を捕まえた少年のような顔で眺めている。

「どうしたの？」

私の声に反応して、大人の男としての夫が戻って来た気がした。こちらに向かって優しく微笑(ほほえ)むと、ありがとうとお礼を言って、頭を優しく撫(な)でた。

彼はそのまま書斎へと消えて行った。

八年一緒にいたけれど、こんなことは初めてだった。彼の中で溜まっていた何かが、今日溢れ出したのかもしれない。そのことに私は怖くなった。夫は、桃に、あの種に、何を見ていたんだろう。そして、私の口から取り出した種をどうするのだろうか。

戻って来た夫の手の中には種はもうなかった。やけに上機嫌な顔の彼は、私の前髪をあげると、おでこにキスをした。そして手をとると、それを自分の顔に近づけて深呼吸をし、体中に空気を行き渡らせるように私の手の匂いを嗅いだ。

スーハー、スーハーと呼吸をする音だけがしばらくの間部屋の中に響く。目を閉じて、全身で匂いを感じている夫は動物的だ。

「あなた、どうしたの?」

「桃の匂いが好きなんだ」

「匂いが」

「桃の匂いがする女が好きなんだ」

私はそう、とだけ答えた。彼は匂いを鼻腔（びこう）に擦りつけるように嗅ぎ続けた。せっかく剝いた白い桃は薄茶色に変色し始めてしまった。その変わっていく様を眺めた。

息を整えた夫は、目の色を変えて私を見つめた。小さくすまないと言うと、はにかんでじゃあ食べようかと言って椅子に腰をおろした。

一口サイズに切られた桃は、夫の口に吸い込まれていく。咀嚼（そしゃく）するたびに、私と夫の距離は測れなくなる。私たちは果たして近いのか遠いのか。わかり合えているのだろうか。

夫の性癖というのだろうか、フェティシズムの中に桃が関わっていることは薄々感づいてはいる。こんなにも積極的に行動に移されたことは初めてで、正直戸惑ってしまった。けれど、されるがままに受け入れてしまう自分もいるのだ。

一体、何があるというのだろうか。

妻の手の匂いを嗅ぎ続けた。甘く、熟れた瑞々しい桃の香りが、手の隅々からする。俺はあの夏の記憶を思い出すようにしがみついた。鼻から入り込んだ匂いは、脳をゆっくりと刺激する。

あの日、本当は木陰からではなく間近であの女が桃を貪り食う姿を見たかったのだ。それができなかった。俺はそのことを悔やんでいる。心の底からだ。

どうだろう。妻が、もし、台所の流しに立って、桃にかぶりついてくれたら。俺はまたこの女に惚れ直すだろう。

あの日に出会った女によく似た後ろ姿に惹かれた。腰が細く、肘が少し尖っているところが俺の憧れを思い起こさせた。長い髪が好きだと言ったら、妻はずっと黒い髪を伸ばしてくれている。あなたがそれがいいのならと。

さっき口から取り出した桃の種。どうして急に桃の種の話をし始めたのか、自分でも不思議だった。あの女が口に放り込んだ種を、俺は欲していたのか。頬を膨らませながらモゴモゴと喋る妻は、不自然に顔の形が崩れて歪だった。内側から予期せぬものが自分の口内を押し上げている彼女の不快感を俺は感じた。それでも桃の種をじっくりと味わう姿は、色っぽいのにいじらしくもある。

整っているものだけが美しいのではないと感じさせられた。予測できない動きで、彼女の口内を蠢(うごめ)く種のことを考えるだけで、桃の種も、妻も抱き竦(すく)めたくなるほど愛(いと)おしいと思える。

俺は妻の口内に指を差し込み、種を取り出そうとした。急に入ってきた指に舌は一瞬硬くなるが、唾液とともにねっとりと絡んで、熱かった。人差し指だけでは足りず、親指も差し込むと妻の顔はさらに歪(ゆが)んだ。

もしあの時の女にも同じことをしていたら、どんな顔で俺のことを見ただろうか。

唾液に濡れ、部屋の照明に照らされた種は、妻からもらったものの中で一番の特別なプレゼントに思えた。それをじっくりと眺めながら、俺は自分の書斎へと向かった。

薄暗い部屋の奥にある机の上から三番目の引き出しの中に、あの女からもらったハンカチが丁寧に袋に入れられ保管されている。この手の中にある湿り気を帯びた種も、同じようにそこにしまおうと思った。

その時、ふと手を止めた。書斎の本棚に置いている、空き瓶にこれをしまうことにした。透明なガラスの瓶の中に種を入れると、コツンとわずかに音がして底に落ちた。種は薄明かりの中でも光っていた。

居間に戻ると切った桃をテーブルの上に置いて、妻が立ったまま待っていた。その俯(うつむ)いたまつげの長い影は、あの夏のものとは違ったけれど、どうしようもなく俺の心をかき乱した。

手を摑み、確かめるように俺は妻の手の匂いを再び嗅ぎ続けた。

「じゃあ食べようか」

何も言わずに受け入れてくれる妻に、感謝を述べそうになるのを我慢して、微笑んだ。

二脚しかない椅子に座り、テーブルを挟んで向かい合う。妻が剝いてくれた桃は、一口大に切られ金色のフォークが添えられていた。自分の手には小さすぎるそれを摑んで、桃に刺す。少し果汁が溢れるのを確認しながら、口に運んだ。

熟れた桃は簡単に口の中で崩れていく。あっけないものだ。女が桃を剝く姿で自分の欲求はほんのわずかに満たされる。妻は桃を食べる俺の口元を優しい表情で見ていた。

私たち夫婦は一つのベッドで眠る。これは結婚した時から変わらない。夫の仕事が遅くなる日は、私が一人先に眠りについてしまうが、朝起きればすぐ傍に夫がいてくれる安心感に、毎日目を開けるたびに感謝する。今日も私の傍にいてくれてありがとうと。

夫は時折どこか遠くへ行ってしまう。体ではなく、心がだ。せめて、肉体だけでもこの手の届く場所にいて欲しいと私は強く願ってしまうのだ。

今朝はいつもより随分と早く目が覚めてしまった。昨晩の出来事のせいだろうか。夫は桃のことになると心がかき乱されるようだったから。私は不安になってしまう。

腕の一部分が触れ合ったまま寝ていた私たち。そこからお互いの全てが通じ合い、理解できればいいのにと思う。

夫を起こさないように寝返りを打ち、まだ目を閉じて深い眠りの中にいる横顔をじっと見つめた。少し伸びた髭（ひげ）や、赤くなった肌の点々。短いまつげ、寝汗で鈍く光る額。うっすらと感じる寝息に、ああ、この人は今寝ているのだと感じさせられる。

時折、夢を見ているのか、閉じた瞼（まぶた）の奥で眼球が動く様子も愛おしく思える。一体どんな夢を見ているのか、あなたは私に教えてくれるだろうか。

じっと、声をかけるでもなく、眺めるだけの時間が幸せだと思った。

寝息を立てるたびに、夫の腹部が上下に動く。無防備な首筋。脈打つたびにぽん、ぽんと皮膚が押し上げられている。そこに手をのせてみた。自分の手のひらの下で、夫が生きていることが感じられる。無防備に、規則正しく脈打つから、手のひらに力を込めたくなった。ここに今体重をかけて絞めたら、夫は私にこれまで見せたことのない表情で私を見つめてくれるだろうか。その表情は私が引き出した特別なものだ。

力を入れて少しすると、息がうまくできずに夫の呼吸が乱れるだろう。圧迫された首筋の動脈も規則正しくは脈打たない。閉じていた目は開いて、私を力強く見るだろうか。それとも愛おしさのこもった目で見てくれるだろうか。

そこまで考えて自分が息をすることをすっかり忘れていたことに気づく。小さくプハッと溜まっていた二酸化炭素を吐き出し、夫の脈打つ調子に合わせながら呼吸を整えた。

目を覚まして、こっちを向いてくれるだろうか。

小さく唸って夫が寝返りを打った。少し大きすぎると彼が気にしている肩と、背中がこちらを向いた。寝巻きの上からでも、体が少し緩んでいるのがわかる。若い頃のようには引き締まってはいない。それはお互い様でもあり、二人の時間の蓄積のような気がした。同じものを食べ、同じように生活をしてきたから。少しずつ、緩んできたこの体すらも愛おしい。

ふと、襟足の短い後頭部から覗く耳が赤くなっていることに気がついた。血がそこに溜まっているのか、耳の裏は濃い赤色だ。

耳と皮膚をつなぐ部分に一本のしわが走っている。そこに目が惹きつけられた。内側から赤く染まっている様子が、まるで桃みたいだ。決して厚くはない、薄い皮膚。簡単に剝がれて、あの強く熟れた匂いがしてくるのではないだろうか。

夫の耳の裏側のしわに、そっと触れてみた。

指先に当たったのは柔らかさではなく、硬さだ。ただ、硬い骨があるだけで、何もなかった。皮がめくれることもないし、桃の匂いだってしない。けれど、体の一部に、夫の好きな桃に似ている部分があることを愛おしく感じた。それも彼が気づかないであろう場所に、だ。

私だけが知っている。

しわをゆっくりとなぞってみる。ふわふわと生えた細かな産毛が指先に当たる。それは桃と違って柔らかい産毛だ。目を閉じて桃のことを考えた。包丁を入れる前、ここに切り込みを入れると自分で確認するために、私は桃の割れ目に指を這(は)わせる。そのことを思い出した。ひと撫ですれば、ブチッと繊維の切れる音がして、もうひと撫ですれば、包丁が種に当たる感覚が指先に蘇(よみがえ)る。夫がどれだけ桃が好きだといっても、この感触は知らないだろう。彼は自分で桃を剝かない。

唸り声をあげて、夫がこちらを向いた。私だけの特別はあっけなく手を離れていく。薄く瞼を開け、まだ眠そうな表情で夫は私を見た。言葉にならない言葉が口の中で遊んでいる。こういう姿を見ると男性はいくつになっても子供のようだと思う。

頭にそっと手を置いて、まだ寝てていいよと言うと嬉しそうに微笑んでくれた。その笑顔は私の知っている表情。

ねえと心の中で呼びかけた。届くはずもなく、夫はまた目を閉じて深い呼吸を始める。夫が何を考えているのか、何を感じてきたのか、その全てを私は知らない。夫も私の全てを知らない。

私の目の上にある小さな傷がどうしてできたかとか、夫の小指がどうして少しだけ曲がっているのかとか。私たちはお互いに話さなければ理由を知ることはない。これから先ずっと。

夫婦だって、人と人だ。わかり合えること、わかり合えないこと。答え合わせするようにすり合わせていくのには限界がある。私たちは随分早くその作業を放棄したように思う。

なぜ、は疑問のまま残るのではなく、そういうものとして受け入れることにした。私が、だ。夫の桃に対する異常な執着も、引き出しの中に入っている白いハンカチも、問い詰めることはしなかった。彼が彼であればそれでいいのだ。持ち物、身に着けるもの、言葉、その全部で夫という人ができていると受け入れれば、小さな疑問など気にもならない。平常心で日々を過ごせる。

私にも同じように夫に話さないことがあるのだから。今見つけた、夫の体にある桃に似た部分もそうだ。私は打ち明けることはしないだろう。

同じ布団に包まれて、体は同じだけ温まっていく。つま先から、指先まで。この中で毎日起きて、寝て、時間が過ぎていく。私たちの関係に旬なんて、あったんだろうか。

このままだ。ただ何事もないふりをして関係が熟していけばいい。どうしようもなく腐っていけばいいと祈って、私ももう一度目を閉じた。

リアルタイム・インテンション

「お、どうですか？　これいけてます？」

銀のフレームのメガネをかけた男が手を振っている。

「どうだろー。回線的には繋（つな）がってるはず。カメラのランプついてるんじゃん？」

「あ、いけてますね。どうもー、みなさんこんばんはー。ほら、みんな来ないと。映りませんよ」

メガネの男が手招きをすると、帽子を被（かぶ）った男が腰をおろした。

「どうもーこんばんは。エムですっ」

エムと名乗った男は帽子のツバに手をかけて、ぺこりとお辞儀をした。彼は端整な顔立ちをしていて、口の右下に黒子（ほくろ）があるのが印象的だ。

「先に名前言っちゃダメじゃないですか。みんな揃（そろ）ってからにしないと」

「ああ、ごめんごめん」

手を合わせて謝る素振りを見せた。メガネの男の横には、大柄な男が腰をおろした。見るからに寡黙（かもく）そうな、どっしりとした雰囲気がある。

三人の男たちが真ん中にある丸いローテーブルを囲みながら座った。

「こんばんは。ルーペです」

「エムです」

二人が手を軽く挙げながら名前を名乗る中、一番右端に座った大柄な男は黙ってじっとしている。すかさず二人が顔を見合わせて、

「このでっかいのがクマです」

と紹介した。そして三人が一緒に頭を下げる。

男たちの外見も、服装もてんでばらばらだ。彼らは部屋の中にいる。マンションの一室だろうか。三人の背後に赤いソファと色とりどりのクッションがある。そして丸いローテーブル。壁は真っ白、よくあるマンションの壁だ。だが、見える場所にはカーテンも窓もない。

喋り出したのはメガネをかけたルーペだ。

「えっとですね、今日は珍しく生配信なんですけど」

「最近やってなかったから久し振りな感じじゃん。みんなどうなの最近。なんか楽しいことあった？」

どうなのという言葉はこちら側に向かってかけられているが、エムは話したい衝動を抑えられず矢継ぎ早に言葉を重ねていく。その様子をルーペとクマが横目に見ていた。

「俺は、この間ショップの一日店長したよ。来てくれたみんなありがとうねー。楽しかったー」

エムが手を振って愛嬌を振りまく。この三人の中では一番のおしゃべりで、マスコット的な男だ。

「一日店長って、僕よくわからないけど。エムって店長できるんですか？」

ルーペの言葉にクマも同調して頷く。

「できるし。俺にだって」

「具体的には？」

「今度動画で出すけど、レジに立って、ピッてして、そんで畳んでもらった服をお客さんに渡す」

「ちょっと、待って。それ一番肝心な畳んで袋に入れる作業やってないじゃないですか」

「……確かに」

クマが納得して口を開いたけれど、それに被せるようにエムが話を続けた。

「その間はお客さんと話してるんだって。なあ、みんな」

コメントもきてますね、とルーペがスマホの画面を見ながらみんなに話しかけた。クマの言葉は何処にも届かずにふわふわと漂ってしまった。

「エムくん帽子似合ってるよ、エムくんのとお揃いの帽子買っちゃった、その帽子どこのですか？　エムくん、エムくん、エムくん。……みんなエムのことばっかりですね」

「まあまあ、しょうがないじゃん。お、帽子どこのって、いいこと聞くじゃん。そうなんです。これ、この前のイベントのグッズで作って売ったんだけど、今度通販もするからみんなお揃いにしよー」

エムがカメラに向かってアピールを続ける。画面横には視聴者からのコメントが凄い勢いで流れている。

クマがじっとルーペのことを見つめていた。視線に気がついたルーペが、そうだったとキョロキョロあたりを見回すと、クマの固まったままだった表情が緩み、意味ありげに前を向いた。

「エム、アピールはそこまで。今日の企画をやりましょう」

「ああ、そっか。今日はクマが企画持って来たんだよな。面白いもの見つけてきたらしいじゃん」

「俺だって企画持ってくる時くらいあるから」

クマの表情は変わらない。

「で、なんなの?」

クマは大きな背中をこちらに向けてゴソゴソと袋の中を探っているようだ。一瞬だけ動きが止まったが、すぐにまた動き始め、グレーの袋の中から一つのアイテムを取り出して見せた。それに書かれた文字をルーペが代わりに読む。

「本音ダシ鍋です」

よくある鍋の素のレトルトパウチ。黒いパッケージにはデカデカと白い文字で『本音ダシ鍋――闇鍋セット――』と書かれている。仰々しい書体からはバラエティグッズのチープさが窺える。パッケージには鍋の写真もなく、ただ文字だけが黒の中に浮かんでいる。

「おいおい、なんだよこれ」

エムがさっとクマの手から鍋の素を奪い取る。ルーぺはすっと立ち上がりどこかへ消えた。

「本音ダシ鍋の素。これを使った鍋を食べるとなんでも喋っちゃうらしい」

クマの低い声はよく響く。クマと呼ばれている理由は、体つきや声、表情に、クマっぽさがあるからだろう。どっしりとした姿で淡々と語られると、説得力がある。

「それ本当かよ」

エムが少し気怠そうに言った。クマは真顔に戻って、じっと鍋の素を見ている。そこにルーぺが鍋を手に戻って来た。

「嘘か本当かわかんないからやってみましょうよ。本物でもそうじゃなくても、ネタとしては面白いからいいんじゃないかと僕は思いますよ」

そう言いながら鍋を落とさないよう、慎重に歩いてくるルーぺ。床に落ちている物を避けるように、足下を確認し次に足を置く場所を探っているように見える。

ようやくテーブルの上にグレーの土鍋が置かれた。どんっという音が鳴る。コンロは？　というエムの問いかけに、ルーペが慌てて奥からカセットコンロを持ってきた。

「はい、ここに鍋があります。具材は……」

「え、普通の鍋じゃん。闇鍋すんじゃないの？」

「闇鍋って書いてあるけど、別にそこは重要じゃないじゃないですか」

「でも雰囲気出ないじゃん、雰囲気」

「結局電気つけたままやるんだから、闇鍋もクソもないじゃないですか」

「あそっか」

エムは納得のいった声を出した。

ルーペによって鍋の具材の説明がされる。白菜、ネギ、人参、キノコ類はしめじと、えのき、しいたけ、あとは薄切りの豚肉。

「キノコ多くない？」

「いいじゃないですか」

「俺がキノコ食べたかったからお願いした」

「あ、クマのリクエストなのか。じゃあしょうがない。牛じゃないのも？」

エムがテーブルの上にある菜箸で豚肉をつまんだ。肉越しに顔が透けて見えそうなほど薄切りの豚肉だ。

「ねえ、向こうが見えそうじゃない？　この肉。牛丼屋の肉の方がまだ厚いって」

「そんなわけないじゃないですか」

エムはクマの顔に肉を近づけて、うっわまじだ！　クマの顔が見える！　とふざけ始めた。吹いたら飛んでいきそうと、クマの顔の前にかざした肉に息を吹きかける。薄い肉がピラピラとはためく。

「しょうがないじゃないですか。肉って買い出しのメモに書いてあったから、買ってきたんですよ。肉だったらなんでもいいのかなと思って」

「えー、なんでもいいわけないじゃん。ルーペ、お前さ、自分で鍋食べる時に、こんな薄い肉食べるか？　もっと厚いだろ。しゃぶしゃぶでももっと厚いし、絶対、もっといい肉買えたと思うよ。お前はそういうとこケチだからなあ」

「ごめんって。言われてみればそうなんですけど、買った時は気がつかなくて。ほら、気を取り直して鍋やりましょう」

クマが腕まくりをする。開けるぞ、と呟いてから、本音ダシ鍋の素の袋を開けそれを鍋の中に注ぎ込む。液体は琥珀色に透き通っている。カセットコンロのつまみが回されて、ボッと音を立てて火がついた。青い炎が鍋底を熱していく。

閉められた鍋の蓋を三人の男たちは黙って見つめていた。沈黙が流れる。

「ちょっと誰か喋れよ」

そのエムの一言で全員が笑い出し、張り詰めた空気がなごんだ。

「吹きこぼれないか心配になってしまって」

「まあわかるよその気持ちはさ。俺、ルーペが話すかと思ってた」

「これ生配信ですからね。編集だったらカットしています」

その間も鍋は小さく音を立てながら煮えていく。

「これってさ、本当に本音話しちゃうのか？」

「エムは信じていないんですか？」

「だってさ、普通にバラエティグッズじゃん、こういうの。カラオケにあるボイスドリンクみたいな。飲むと歌が上手くなるよーみたいな。ていうか、あれ飲むとまじで歌上手くなるの？」

ルーペが口を開くけれど、エムはまた一人で突っ走って話している。話すことを遮られたルーペは、目線を下げた。その表情は冷たいものだ。エムの口はどんどん動くので、誰もその間に入る隙がなさそうだ。クマはルーペとエムの様子を窺っている。

「そんな魔法みたいな飲み物だったらいいよね。もしかしたら俺、CDデビューできちゃうかもしれないじゃん。そしたらライブもできるし、楽しそうじゃね？　今度行ったら飲んでみようかな。みんなは飲んだことあるの？」

エムがカメラに向かって質問を投げかけた時、ルーペが静かにすっと手を挙げた。その動きに反応して、二人はそちらに視線を送る。

「ボイスドリンクには、そもそも歌が上手くなるような成分はない。そもそもそんな成分はこの世には存在しません。そもそも、それで歌が上手くなったら誰も苦労しないし、それを信じてしまうのは、適当な小麦粉や、ミントタブレットなんかをよく効く薬だって信じて飲んで、症状が改善するプラシーボ効果と一緒なんです。その辺をちゃんと理解して欲しいよ。で、ボイスドリンクが何かというと、喉のケアが目的なんだ。炎症や乾燥を抑えるものだね。中には蜂蜜が含まれているから、その蜂蜜の成分が喉を守ってケアしてくれる。それが主」

ルーペが矢継ぎ早に、ほとんど一息で言い切った。その勢いにエムはキョトンとして、クマの口の端が少しだけ上がっていた。

「あ、あー、そうなのね。ありがとう説明してくれて」

「いや、大事なことですから、伝えておかないとと思って」

鍋の蓋がカタカタと音を立て始めた。それに気がついたクマは鍋の蓋をアッチッと言いながら開ける。するとボワッと湯気が立ち上った。一斉に鍋の中を覗き込むと、全員が一気にむせ返り、ゴホゴホと涙目になりながら咳き込む。

「うっわ、なんだよ。くっさ」

「目に、染みますね」

「ルーペ、お前メガネかけてるのにほんとかよ。オェ」

「ごほっ。ごほっ」

咳と、嗚咽と、湯気と。エムが口と鼻を手で塞いで、できるだけ息をしないようにすると、他の二人も真似をし始める。今度は鍋のぐつぐつ煮える音と、薄い呼吸の音が聞こえる。

「これやばいやつだろ。人が食べられんの？」

「食べられるから売ってるんじゃないですか」

「そうだけどさ、あまりにも酷い臭いだぞ。もう、なんて言ったらいいかわからん」

「五十年目の納豆」

「それー！　クマ的確！」

「そもそも五十年ものの納豆知ってるんですか」

「そんな臭いだなと思って」

「蓋開ける前はそんな臭いしなかったのに、なんでだよ。うわまじで臭いな」

エムは自分から鍋に顔を近づけて、臭い臭いと連呼している。もうすでに臭いことが楽しくなっているようだ。

「臭いって言っててもしょうがないですから、鼻になんか詰めて食べましょう」

ルーペの提案に二人は頷き、そうしようとティッシュを探し始めた。ティッシュどこだよと言いながら、ガサゴソと探す音がする。テーブルの上にティッシュではなくゲームのソフトや、飲みかけのペットボトル、財布などがのせられていく。

「あ、さっき俺ティッシュ台所で使ったわ」

エムが思い出したように言う。

「配信してるのにこの感じは流石にやばいじゃん。みんなごめんね。俺たち編集ないといつもこんな感じでグダグダ。なあ、ルーペ。台所からとってきて」

わかったと言って、ルーペが台所の方へ消えて行った。戻ってきたルーペの手からエムがティッシュをひったくり、半分に引き裂く。くるくると丸めて右、左と鼻に詰めている。クマとルーペも真似をしてティッシュを詰めていく。そのために口と鼻から一度手を離すのだが、途端にまた悲鳴が聞こえる。そしてそれは笑い声にも変わっていく。臭すぎて面白くなってきたと、男たちはゲラゲラと笑っている。

両鼻を塞がれた男たちの声は鼻詰まりでぼやけているし、全員の鼻からティッシュがぶら下がっている光景は異様だ。

「じゃあ、食べましょうか」

カセットコンロの火を切ると、また鍋から湯気が上がった。天井に向かって上る湯気が、三人の顔を一瞬隠す。そして三人が鼻の詰まった声で、いただきますと手を合わせる。すでにテーブルの上に用意されていた紙皿とコンビニの割り箸を使って、それぞれに鍋をつつき始めた。

全員が、紙皿の上に思い思いの具材をとったにもかかわらず、誰も口をつけようとしない。お互いの様子を窺っている。

「なあ、誰から行く」

「誰からって言われても、僕からっていうのも」

「ルーペからでいいだろ」

「そうは言っても、本音を話してしまうんですよね。そもそも本音って一体なんなんでしょう」

「でも、冷めちゃうしさ。食べてみないとわかんないだろ。ほら、食べてくれよ」

そんな二人のやりとりをクマがまた見つめていた。そして、何も言わず一口目を彼が口に運んだ。それに気がついたルーペとエムは驚いた顔をして、わーっと叫んだ。

「おいおいおい！　なんにも言わずに食べるやつがあるかよ」

「そうですよ。クマ、無口にしても動画的に行きますすくらいは言いましょうよ」

慌てふためく二人をよそに、マイペースに、ゆっくりと咀嚼（そしゃく）をしている。おいおいと制されることにすら関心を持たず、じっと前を向いて、口だけを動かしている。そして、喉仏が上下に動いた。

「クマ、どうなんだ？　味は？」

「………」

「え？　なんにもないの？　なんか喋り出しそうとかさ」

もう一度喉仏がゴクリと動いて、クマの口がゆっくりと開かれる。二人はその唇に注目し、どんな言葉が出てくるのかと待ち構えているようだ。

「うまい」

「……まじか、まじでうまいのか」

クマはこくりと頷いた。

「うん。うまい。鶏ダシの味がする」

「どうなんですか、何か話してしまいそうな感じはありますか？」

「うーん」

今度は首を傾げて、唸り出した。その姿があまりにも様になっていて、歴史上の人物みたいだ。

クマに集まる視線を散らすように、弾けた声でエムが話し始める。

「やっぱりこれ食べたくらいじゃ、なんも本音なんて出てこないんだよ。今日の配信はただの鍋会に変更だな」

いただきまーすと改めて口にしてから、エムも食べ始めた。

「おお、まじでうまいなこれ。食べてみると臭さも全然気になんないじゃん。味はね、なんだろ……鶏？　カップ麺（めん）のスープの味に近いかも」

ルーぺも食べろよと促され、彼も口をつける。鼻にティッシュを突っ込んだ男たちが、うまそうに鍋を囲んでいる。

「鍋のキノコって子供の時はカサ増しかよって思ってたけど、大人になってみるとうまいな。味がしみてて」

「大人になるとわかる美味（おい）しいものってありますよね」

「え、例えば」

「例えばですか……あー、ほら牡蠣（かき）とか」

「牡蠣は子供の頃からうまいだろ」

「見た目がダメだったんですよね。なんだかドブから出てきたみたいなビジュアルじゃないですか」

「そうか？」

「そう見えてたんですよ。でも大人になって牡蠣フライを食べたら、トロッとした感じが美味しいなって思ったんです」

ふーんと相槌（あいづち）を打ちながらエムが鍋の中の薄い豚肉をごっそりとすくいあげた。

「ちょっと、エム。一人でそれだけ食べるのはずるいんじゃないですか？」

「え？　だって取れちゃったもんはしょうがないだろ」

「それでも取りすぎだと思う」

「なんだよ、クマまで」

エムはふてくされた顔をして、取った豚肉を鍋に戻そうとすると、クマがそれを制した。

「エム、取ったものは戻すな」

「なんだよ、取るなって言ったり、戻すなって言ったり」

「クマの言うことはもっともだと思うよ。そもそもエムってそういう雑なところがあるじゃないですか。僕たちだからいいですけど、外でやったら結構印象悪いと思いますよ。ね、みんなもそう思いますよね」

「わかったよ。気をつけるって」

まだ肉入れるだろと二人に確認して、エムがコンロに火を点けた。また鍋底が熱せられていく。鍋の中で固まらないように、薄い豚肉を一枚一枚入れていく。

「これでどう」

「ありがとうございます」

肉が薄いからか、あっという間に火が通り、ルーペもクマも肉を食べる。薄かった肉は茹でられたことによってぎゅっと小さくなっていた。

「肉ってやっぱり分厚い方がいいですね」

「それはそうだろ」

「企画で使うからいいかって薄い豚にしちゃったんですけど、失敗でしたね」

「え？　何、企画だから薄いのにしたのお前」

「そうですよ。その方が経費としても抑えられますし。それに美味しい鍋にならないだろうなって思ってましたから、そこにお金使うのは勿体(もったい)ないじゃないですか」

ルーぺはそこまで言って、箸を動かす手を止めた。他の二人もその様子に気がついて、顔を見合わせた。

「ルーぺ、肉だったらなんでもいいのかなと思って買ってきたって言ったよな」

「そうです」

「でも今、勿体ないって」

「言ってましたね」

「言ってたって……」

三人は互いに視線を交わした。鍋の煮える音だけがまた部屋の中に響く。

「これの、せいですかね」

ルーぺが鍋を指差した。

「僕、そんなこと言うつもりなかったんです。話すと面倒ですし。でも勝手に」

「話してた」

クマの声に二人はパッと視線を動かした。

「まじか」

「これ、本物ってことですか？」

「いやでも、たまたまかもしれないじゃん。ほら、さっきも言ってたプラシーボ？　本音話すかもみたいなこと言われたから、ルーペ信じちゃったんじゃないの？」

「ああ、そうかもしれないです。僕も意外と信じやすいタイプだったんですかね」

二人が笑い飛ばしていると、クマが口を開いた。

「ルーペが自分が言うつもりのないことを話したんなら、それはこの効果なんじゃないのか？」

「クマ信じてんの？」

「まだ、信じたわけじゃないけど。何か試してみるのもいいんじゃないか」

「試すってどういうことですか？」

「俺に全部託されても困るよ」

クマは俯(うつむ)いてしまった。

「じゃあ、どうするよ」

「そうですね……何か、質問し合うとか」

「ありきたりじゃね？」

「ありきたりって言ったって、それくらいしかないじゃないですか」

「じゃあ、そうする？」

配信をしていること、忘れないようにしましょうねと釘を刺して、ルーペはカメラに向き直った。

「ということで、もしかしたら、この本音ダシ鍋は本物かもしれない疑惑が生まれましたので、今からそれをまた検証していきたいと思います」

イェーイと手を叩く男たちの表情は、声とは裏腹にどこかよそよそしい。

「ルーペはさ、今、これは本物だと思ってんの？」

「思っています」

「それは本音？」

「もちろんですよ。これは食べた、食べてない関係なく、本音です」

「クマは？」

「俺も……そう」

「じゃあ、半信半疑なのは俺だけってことか」

「エムはどうして信じきれないんですか？」

エムは帽子のツバをグッと摑んで、深く被り直し、その手を顎に持っていった。

俺はと言ってから、少しの静寂が流れる。ボコボコと音を立てる鍋の火をクマが切った。

「俺は、単純にそんなものが存在したら怖いと思うから。だから信じられない部分がある。そう、ある。あるんだよ」

そこまで言って、エムの口が閉じたり開いたりして、何かを言おうとしてはやめるを繰り返している。

「エム、どうしました」

なんでもないと言うけれど、どこかよそよそしくなっていく。それに合わせて、体が少しずつ揺れ始めて、うーんと唸りだす。

「本当はさ、これが本物だったら困るんだよ。言わないでいることがありすぎるから、それを全部話しちゃいそうで怖い」

そこまで言い切って、エムが自分の口を手で塞いだ。

「それが、エムの本音なのか？」

クマが心配そうな目で、エムのことを見る。

「違う。そうじゃなくて、いや、違うんだよ」

口を塞ぐエムだったが、鼻にティッシュを詰めているからか、すぐに手は外された。

そして、苦しいと言ってティッシュを鼻から抜いた。

「お、臭いあんま気にならないぞ」

本当ですか？　とルーペも続いてティッシュを抜く。

「本当ですね。もう平気だ」

「慣れたのか」

クマも続いてティッシュを引き抜いた。もう間抜けな顔の男たちはいなくなった。

「やっぱり、これは本物なんじゃないですか」

「俺、そう思ってる」

「クマもそう思いますか」

「ああ」

「じゃあ、じゃあ、じゃあさ。お前たちに聞くけど、なんか今まで話したことないちょっとした秘密とか、隠し事？　本音に繋がりそうなことってあるのかよ？」

「そんな急に振られても出てはこないですよ」

「クマは」

「俺も、そう」

「あの時はって感じより、話してる時に思った感情が出てきちゃうってことなのか」

ってことは、と言ってエムがニヤリと笑った。

「じゃあ、さっきの肉の話に戻るけどさ。俺たちが渡した鍋の具材代、この肉の感じだと絶対余ってるよな。その余った分のお金ってどうしてんのルーペ」

ルーペは、えっと小さく声を発した。

「もし答えるのが嫌だったら、鍋を食べることにしようぜ。ほら、鍋余るし、冷めちゃうし」

「これで食べたら、僕が後ろめたいことがあるみたいじゃないですか」

「ないなら、ちゃんと今お金出せるんじゃないの？」

「それは……」

目を泳がせてから、ルーペは鍋に箸を突っ込んだ。具を摑めるだけごそっと摑んで、それをハフハフしながら口に入れる。

「ほら、なんかやましいことがあるんだろ」

それ、言ってるのと変わりないからなとエムは勝ち誇ったように言う。

「おかしいと思ってたんだよね。今までもこういうことあったし。絶対もっといいもの買えたはずなのにさ、ルーペの買い出しってどっか帳尻が合わないんだよね。余った金、どうしてんだよ」

「もう食べたんだから、いいだろその話題は」

「よくない、よくない。だって俺たちの金勘定、全部お前がやってんだから。そこははっきりさせないと、これからの信用問題に関わるだろ」

「信用問題ってなんだよ。僕のこと疑ってるんですか？」

「疑ってるよ」

やめろよと言ってクマが割って入る。

「クマだって不審に思わないのかよ」

「お金のために動画やってない」

そして、クマはカメラの方を指差した。

「全部今、配信されてるから。このままだとよくない」

ピタッとエムの動きが止まった。その表情からは感情が読み取れなかった。

「ごめんなさーい。今の、なしで」

急に笑みを浮かべて、エムは両手を顔の前でひらひらと振る。そして鍋食べようと言って、今度はエムがまた鍋の中に箸を突っ込んだ。誤魔化（ごまか）すようにつまみ出した具を紙皿に取って、ばくばくと食べていく。

「俺はさ、やっぱりこれ、本物だと思うんだよな」

クマがポツリポツリと話し始めた。

「見つけた時は嘘（うそ）かなと思ったけど、今二人が話してるのを見たらそうとしか思えない。俺自身も、言わなくてもいいことを話したい気持ちになってきてるし」

「クマは何を話したいと思ってるんですか？」

「……俺は、本当は動画やりたくなかった」

二人が驚いて声をあげた。

「え、だってお前から動画やろうって言ってきたんじゃん」

「そうですよ。そもそも僕たちクマに誘われたから始めたのに」

「そうなんだけど。俺は出るつもりなかったから」

「そうなんですか？」

「ガジェットが好きだし、動画の編集とかしてみたくて。それで二人を誘ってみたけど……なんか俺も一緒に動画に出ることになって、もう断れなくて」

変だと思ったんだよな、とエムが大きな声を出した。

「だって、クマって普段から全然話さないのに、自分から動画やりたいなんて言い出してさ。実際始めてみても、こいつほとんど喋んねえし。編集で、真顔にズームで寄ったり、テロップで補足したりして視聴者が面白がってくれるようになったから、まあいいかと思ってたけど。なんだよ。そういうことだったのか」

「言いたかったけど、二人ともちゃんと話を聞いてくれない」

「そんなことないじゃないですか。僕はちゃんと聞きましたよ。本当にやりたいのかって。そうしたらクマが頷いたんじゃないですか」

「そのやりたいは、動画を作りたいってことで……出たいとは言ってない」

「クマがやるって言うから、俺はルーペと組みたくなかったけどしょうがねえかってやったのに。なんだよそれ。今更じゃね？」

エムの言葉に、ルーペが振り返った。その目はメガネの奥で鋭く光っている。

「なんですかその言い方。僕と組みたくなかったって。それを言ったらこっちだって同じですよ。クマがいるから僕だって承諾したんです」

それに僕は知ってますよ、とルーペはエムに詰め寄りながらまくし立てる。

「そもそも君は最初全然乗り気じゃなかったのに、女の子にモテるってわかり始めてから急にやる気を出したことも。その女の子たちに手を出してるってことも」

「ルーペ。これ、配信されてる」

クマの声を遮るようにエムが声を荒らげた。

「お前何言ってんだよ！」

「この間の店長イベントだって、連絡先もらい放題だったんじゃないですか？　いいですよねえ、モテる男は」

「お前、それ自分がモテないから、ただの僻(ひが)みにしかなってないからな」

「で、どうなんですか、ファンに手、出してるんでしょう」

エムがグッと言葉に詰まった時、クマがうおおおおと言いながら土鍋を持ち上げた。

そして土鍋に直接口をつけ、鍋の中身をかき込んでいく。突然の出来事に二人は呆然(ぼうぜん)とその様子を見ていた。

土鍋に顔を突っ込んで、ばくばくと食べていくクマの姿は本物の熊のようだった。垂れた汁で着ていたトレーナーは汚れていく。ほとんどを食べ尽くしたところで、フーッと息を吐いてクマは袖口で口元を拭った。

「二人とも、これ以上話すと自分たちが痛い目を見るぞ」

急に熱いものを食べたからか、クマは鼻が緩んだようで、ズルズルと鼻水をすすっている。どうしようもなく垂れてくる鼻水も、口元と同じようにトレーナーの袖で拭っていた。

「クマ、全部食べたのかよ」

「黙らないから」

「でも、それ食べたら」

グェッと大きなゲップを一つして、クマは口を開く。

「本当だったらそうかもしれない。けど……二人がやめないからこうするしかなかった」

「ごめん」

「申し訳ないです」

二人はクマに向かって頭を下げる。

「別に謝って欲しいわけじゃないんだ。……ルーペがお金をちょろまかしてるのだって、エムがファンに手を出してるのだって、俺なんとなく知ってた。二人があんまり仲良くないのも。……でも、二人が話してる時すっげえ面白いから、俺はいけると思ったんだよ。それなのにさ、二人ともずっと険悪なまんまでお互いのよさに全く気がついてくれなくてさ……なんなんだよってずっと思ってた」

「え、やっぱりルーペ、金誤魔化してたのかよ」

「エムだって、やっぱりファンに手を出してたんじゃないですか」

「いいんだってそんなこと。お前ら二人とも、もっと人として成長しろよ。いっつも自分のことばっかりだろ。自分が自分がって……俺のことなんてただのでっかい置物くらいにしか思ってなくてさ、編集してくれる便利なやつとか思ってたんだろ」

「そりゃあでっかいと思ってるし、編集してくれるやつだと思ってるよ。だって事実じゃん。それ以外にお前になんかあんの？　ないだろ？　そんなこと言うなら、面白いこと一つくらい言ってみろよ。自分の体とか、自分自身を犠牲にしてみろよ」

「俺はそんなことしたいと思ってなかったんだからしょうがないだろ」

「しょうがないってなんだよ。俺がファンに手を出してるって言うけどさ、ファンに愛想よくして、連絡先を渡したり、プライベートでも遊んだりとかしてさ、それで一定数の女囲ったり、登録者数伸ばすのに貢献してたってお前ら知ってんの？　今の登録者数の半分は俺が稼いだって言ったって嘘にはなんないからな」

「そんなの不正じゃないですか。それにあまりにもリスクが高すぎる。なんてことをしたんですか。本当に君のやることは信じられない」

ルーぺは心底呆れたという表情で、エムに軽蔑の視線を送る。それに対してエムは目の中にさらに怒りの炎を滾らせていく。

「お前にいくら軽蔑されてもいいけど。俺、別に女好きじゃないから。しょうがないから女を構ってるだけだから」

「は？」

「俺、彼女欲しいとか、女が好きとかじゃないって言ってんの」

「女が好きじゃない？」

「別に抱こうと思ったら抱けるけど、別れた元彼のことずっと忘れられなくて、その寂しさもあって。女の子はみんな俺に優しくしてくれるし、ちやほやしてくれるから。そういう時間があると、俺は忘れられたんだよ。バランス取れんの！」

「待ってください。エム、元カノの間違いですよね」

「元彼だって。間違ってない」

だから言ってるだろ、とエムは言う。

「クマはそれを知ってたんですか？」

聞かれたクマが首を振る。

「俺も知らなかった」

「エムはそっちだったんですか？」

「そっちとか言うなよ！　そっちもこっちもないんだよ。そう言われるのはわかってるから言わなかったんだよ。どうせ偏見の塊なんだから」

「別にそんなこと」

「そんなことって言う時点でダメだから。いいんだよ、そこに関しては。俺が聞きたいのは、ルーぺの金勘定の話なんだよ」

「僕の？」

「お前、動画の収益の管理、どうしてんだよ。クマはその辺なんか聞いてないわけ？」

「知ってることもある。けど、俺の口から言う必要はないと思う」

じゃあ本人に説明してもらわないと、とエムはグッとルーぺに近づいた。二人の間には険悪な空気がさっきよりも濃く流れている。

「お金、お金って、エムはお金が欲しいだけなんじゃないですか？」

「それはどっちだよ。俺たちはお前のことを信用して、金銭面の管理を頼んでたのに、裏切ったのはお前だろ」

「裏切ったただなんて人聞きが悪い。僕は正当な理由で、二人よりもちょっと多く、お金をもらってただけですよ」

「ほーら、やっぱり誤魔化してたんじゃないか」

「三等分にはしてなかったのか。俺が知ってたのは、買い出しのお金を浮かせてそれを自分の財布に入れてることだけだった」

今度はクマもルーペに詰め寄った。ガタイの大きいクマが近寄ると、ただでさえ小柄なルーペがより小さく見える。

「待ってくださいよ、僕の言い分だってあるんです。聞いてくださいよ」

「なんだよ言い分って」

「そもそも金銭面の管理を僕がしているわけだし、買い出しだったり、撮影場所の確保だったり、いろんな雑用は僕が全部やってる。それを考えたら、動画の収益はきっちり三等分じゃなくて、僕が多くもらうべきじゃないですか。普通に考えて」

「普通に考えたらそうかもしれないけど、一言言ってくれたらいいじゃん」

「そうだ。俺たちだって話してもらえれば納得できたところはある」

「今言ったからもうそれでいいじゃないですか」

「それもおかしいだろ。今言ったからいいとか」

「じゃあ、僕はどうすればいいんですか？　謝ればいいってことですか？」

ルーペは急に口調を強めた。

「土下座でもすればいいんですか？　僕」

「俺はそれは求めてないけど、ちゃんと話してもらいたかった」

「クマには言おうと思ったけど、そうしたらエムにも話さないとおかしくなるじゃないですか。だから、言わないままにしてたんだ」

「おかしくなるって。お前な、そもそも三等分にするはずのものを多くとってたことが既におかしいってわかってる？」

「理解できる、できないの話じゃないですから」

ルーぺがきっぱりと言い捨てた。

「お前な。いい加減にしろよ」

「ルーぺ、今のはよくないと思う」

「で、結局どれだけとってたんだよ」

「……半分」

「半分って。半分？」

「そう。全体の半分を僕がもらってた」

「……じゃあ、俺もクマもその半分を二等分してたってこと？」

「そうなります」

「お前な、まじでふざけんなよ」

エムがルーペに摑みかかり、彼の体を揺する。首がガクンガクンと前後に揺れていて、まるで人形みたいだ。

「俺が一番体張ってきたってのに、俺二十五パーセントしかもらってなかったってことかよ。そんなのおかしいじゃねえか」

今にも殴りかかりそうなエムの服の襟首を、クマがグイッと引っ張り、引き剝がした。

クマは驚いていながらも落ち着いている。

「そんなこと言ったら、俺は撮影機材の管理と、編集もしてる。機材は自分の給料分から出してたから、ルーペの言い分はおかしくなる」

どうりで毎月厳しいわけだ、とクマは妙に納得した様子で頭をボリボリと搔いた。

「今更返せとも言わないけど……まあ、よくはないよなそれは」

「黙ってこんなことして、本当に申し訳ないと思ってますよ。だから今月分からはちゃんと三等分で渡すようにします。信じられないなら明細表も見せますから」

すまないと言って、ルーペは床に膝をつき頭を下げようとするが、クマがそんなことしなくていいと制している。

《その明細表公開希望》《結局収益いくらな訳》

コメントが次々と流れてくる。

「じゃあ見せてくれって言いたいけど、このまま続けるの、もう無理だろ」

「待ってください。僕たちこれで終わりにするってことですか」

エムの足下にルーペがすがりついた。パンツの裾を掴み、許しを請うように引っ張っている。

「やめろよその言い方。恋人同士じゃないんだからさ」

そんなルーペをどうにか引き剝がそうと、エムはパンツを引き上げ、足を何度も前後に振って振り払おうとしている。本当に別れ際に恋人にすがる男みたいだ。

クマはそれを黙って見ているだけだった。

「そんなつもりはないよ」

「べつにお前はタイプじゃないから、引っ付かれてもすがられても嬉しくないし、俺の心は何も動かないからな」

「だからそんなつもりはないんですって」

「俺だってそんなつもりないから！」

「……結局俺たちはどうするんだ、この後」

「この後って？」

「だって、これ全部配信されてるだろ。今、話したことが全部流れてる。コメントもきてるし、どうしようもないぞ」

沈黙が覆う。ただ、ただ静寂の沈黙。音がなくなるわけではない。何かの機械音だけが響く。そんな沈黙だ。それでも変わらずにコメントは流れ続けて、そのひとつひとつを目で追うのもやっとだ。

「えっと……」

エムが取り繕ったように笑う。彼はまた帽子のツバをグッと摑んで、深く被り直した。そして画面に近づいてくる。張り付いた笑顔のまま。

「今の、全部嘘なんですよ。なんちゃってー」

画面に向かっておどけてみせる彼は滑稽だ。

《今更そんなの通じるわけ》《冗談だったらどんだけ芝居うまいんだよ》

肯定的なコメントはなく、ただただ彼らのことを非難する言葉が勢いを増して流れていく。

「無理に決まってるじゃないですか。もう、こんなのどうしようもないですよ。取り繕えない」

「俺は言ったよ何度も。これは配信されてるぞって」

「そもそも本音で話し始めたのはクマじゃないですか。それに、この企画を持ってきたのも」

「お前、本当はやめたくて、そのために企画したんじゃないの？　そうなんだろ？」

「俺だって半信半疑でやってたよ。でも本物だったわけで。俺自身はお前らに比べたら酷いこと言ってないじゃないか」

「酷いってなんですか。動画をやりたくなかったっていうのも十分酷い話だと思いますけどね。それに、僕の秘密も、エムの秘密も初めに話したのはクマじゃないですか」

「でも事実じゃないか」

「配信されてるってわかってて言ったわけですよね？　僕たちはそれがなければこんな話しませんでしたよ」

「そうだよ。別に話す必要も知る必要もなかった話なのに、お前のせいじゃね、これ」

「なんで急に俺に怒りの矛先が向くんだよ。俺じゃないだろ、悪いのは。お前たちがしたことなんだから、俺に罪をなすりつけるなよ」

「そもそも、なんなんですか。僕たちどこに向かって何に気を遣ってるんですか？　何をするにもコンプライアンスだとか、炎上だとか気にして。日常生活でも、知らない人から動画見てますよとか声かけられて。初めは嬉しかったですけど、もう今は違いますよ。どこにいても、誰といても監視下に置かれて生活してるみたいで、生きてる心地しませんよ」

「どこで何食べてたとか、誰といたとか、簡単にネットに書き込みやがってさ。プライベートもクソもねえよ。配信者なんだから仕方ないとか言うけどさ、今になってわかるよね、芸能人の大変さ？　有名税ってなんだよとか鼻で笑ってたけど、俺たちレベルでもこんなに苦しいっていうか、日々げんなりするんだから、本当の芸能人なんてノイローゼになってもおかしくないんじゃないの？　ねえ、お前たち、それわかってんの？」

エムが急にこちらを向いた。

「お前たちは面白がって、俺たちのこと叩いたり、あることないこと言ったり、勝手に住所特定したり家に来たりするけどさ、自分がされたらそれ、どうなわけ。人としてどうなわけ？　顔が見えないからとか、どうせ自分が言ってるなんてわからないからって暴言投げつけたりするけどさ、それでなんになるわけ。スッキリすんの？　そのスッキリはこっちの不快感の代償に得られること理解してんの？　ねえ？」

「言ったこと勝手に解釈されて、たまったもんじゃないですよね。わかった気にならないで欲しいですよ。誰とコラボしてくれとか、コラボしないから仲が悪いとか。こっちにも段取りとか、事情があるの理解して欲しいですよね。僕らは別にあなたたちの願いを、我がままをなんでも叶える人ではないんですから」

「確かに、俺たちのこと、ちゃんと同じ人間として見て欲しくはある」

「……これも後であることないこと言うんだろ」

「もう炎上でしょう、こんなの。燃えない方がおかしい」

「どうせ、配信始まった時点で、録画してるやついるだろうし。終わったらすぐに面白おかしくアップされると思う」

「あーもう！　ストレスでしかねぇじゃん、こんなの！」

エムが近くにあったリモコンを摑んで、勢いよくこちらに投げつけてくる。軌道は、まっすぐではなく、少し下へ向かって落ちて、画面の外でガツンと音がした。そして、画面が揺れる。右に左にと。慌てたクマの顔が映っている。ルーペとエムはそれでも構わずに自分たちの怒りを空中に向かって、誰かに向かって吐き出している。

「僕たちが何かやりあっても、謝れるじゃないですか。この件だって、すまなかった、申し訳ないって」

「でもこいつらは謝りもしないからな。言うだけなんだよ。フェアじゃねぇよそんなの、まじ動画見てるやつ全員」

「あ――――!!」

叫び声とともにクマがカメラに向かって突進してくる。画面が左に落ちていく。人は高いところから落ちる時スローモーションに見えると言うが、この時もそうだった。世界がグルンと回って、ガシャンという音とともに真っ暗になった。

真っ暗な画面から、足下のモニターに自分たちが映し出される。俺たちは鍋を囲んで座っている。仕切り始めるのは今も変わらずルーペだ。

「ってことで、見てもらったんですが、どうでしたでしょうかー？」

「どうもこうも、やばいよな、これ」

　俺の言葉に同意するようにクマが言う。

「我ながらね」

「あの時の映像をまさかこうやって改めて見ることになるなんて思いませんでしたよね」

　ルーペはテーブルの上にあったレモンサワーに口をつけた。酔いがまわりやすい彼は、まだ二杯目にもかかわらず顔が真っ赤だ。それでも酒が好きだから、ベロベロになりながらもたくさん飲む。今日もそれで余計なことを話さないといいけど。

「俺たちが結成してもう七年で、これが丁度五年前。……時間が経つのは早い」

　クマはビールジョッキを片手に、相変わらず淡々と喋る。彼は酒が強いから、いくら飲んでも顔すら赤くならない。

「そうだな」

　俺たちは今二十五歳だ。動画の配信者として組んだのは十八歳の頃だった。あっという間の七年間だったし、あの騒動の動画が世に出回ってからの五年はさらに怒濤のような日々だった。

　俺たちの暴露満載の生配信は、クマがカメラに突進したことによって強制終了になったけれど、瞬く間にネット上に動画がばら撒かれた。全編そのままのものもあったし、面白おかしく編集されたショートバージョンもあった。他にもありとあらゆるバージョンで。俺たちの言い合いしているところを真似するのが若者の間で流行ったり、ショートムービーアプリなんかで格好のネタにされた。俺たちの音声だけ切り取って、それに合わせて口パクで面白おかしく編集する動画だ。

　炎上の仕方も酷かった。特に俺は、ファンの女の子に手を出していたってことで、最低な男として名を馳せてしまった。クソ男のレッテルを貼られたし、道ゆく人に「おい、ヤリチン」なんて言われて笑いモノにされた。親にも話していなかったセクシュアリティーも暴露することになり、一時は親から絶縁されかけた。

「で、どうですか、今改めて自分たちの騒動の動画を見てみて」

　ルーペは相変わらず俺たちのトークを仕切っている。

「あの時はやらかしたなって思ったけどさ、でも炎上しながらもバズったわけでしょ。だから結果オーライだったのかなとは思ってるよ。それにしても、まー酷いとは思うよね。配信者としてのプロ意識ってものが皆無じゃん。いくら本音話しちゃう鍋食べたって言ってもさ」

　俺は笑ってみせる。

「あと、ルーペのすがりつきな。僕たちこれで終わりにするってことですかって、あの後みんなものまねしてたけど、今客観的に見るとウケるな」

その言葉に対してルーペはあからさまに嫌な顔をしてみせた。そうだろうなとは思っている。こいつは未だにこの騒動のことをよくは思っていない。受け入れてはいるけれど、ネタにするくらいなら、新しい話題でこのことを塗り替えていきたいと思っている口だ。

それでも、俺たちの動画の一番人気にはどうしたってこの動画が来てしまう。俺たちはアーカイブをわざと残した。みんなが視聴するからだ。見られれば見られるほど、俺たちの収益になる。（そこに広告をつけていることでも叩かれたが、それはまあいい）

ルーペは、当初それを嫌がった。自分たちの生き恥を晒して生きていくつもりですかと。でも、こっちが公式として動画をのせれば、今ネットに出回ってるまがい物の管理もしやすくなるし、結果として収益になるからいいだろという言葉が、どうやら金にうるさいルーペの心を動かしたらしい。それに加えてクマの言った、この動画の再生回数を超える動画を作ろう、という言葉も効いたと思う。

けれど、依然としてそんな動画は撮れていない。俺たちの動画のページで人気順のタブを選択すれば、一番最初に出てくるのはこの動画なのは変わらない。一番上にくるものは、初見のお客さんにも最初に再生されやすい。結果として、未だに再生回数のカウントは増え続けている。

「まあ、五年間色々言われながらも、そもそもこれがきっかけで僕たちの知名度も上がりましたからね。一時はどうなることかと思いましたけど、今もこうして第一線で活躍できることは嬉しいですよ」

「ありがたいとは言わないんだな」

「僕たちがありがたいとかお礼の言葉を述べたって、誰も信じないじゃないですか」

　そりゃそうだと俺たちは三人で笑いあった。スタジオの中にいる、生配信を手伝ってくれているスタッフも一緒になって笑う。

「まあ、面白がってくれた世間には感謝してますよ。そうじゃなきゃ、僕ら社会のゴミクズになってましたからね」

　ルーペは画面に向かってありがとうございまーすと言ってからレモンサワーを飲み干した。

「一番感謝してんのは、事務所の社長だよな。クズみたいな扱いされてた俺たちを面白がって、声かけてくれてさ。それで全国行脚（あんぎゃ）の謝罪動画撮れって機材とリュックと車のキー渡して俺たちのこと放り出すんだもん」

「懐かしいですね。昔のバラエティみたいでしたよね、あれ。アイマスクつけられて、北海道の端っこに連れて行かれて」

　俺たちはそうやって、全国を貧乏旅行しながら出会った人たちに謝罪をして回るという企画を打ち出した。動画を見たことのない人にも動画を見せて、軽蔑の目を向けられてから土下座をして回るという動画。ほんと、テレビみたいな企画だった。

グッドのついた数だけ事務所から旅費が渡される。一グッドで一円。だから必死になって面白いことをしたり、人に好かれていかないと金がない。最初はバッド評価があまりにも多すぎて、食費もガソリン代も足りなくて、死ぬんじゃないかと思った。でも人間は人の不幸が大好物なんだろう。貧乏生活をしながら人に謝り続ける動画をみんなが面白いと思い始めてくれた。そのおかげで、次第にグッドの数が増え、一年かかったけれど日本一周することが叶った。

まあ、その旅の中でも騒動の動画を人に見せまくっていたわけだから、結局どの再生回数もあれを超すことはなかなか難しい。それでも、この企画のおかげで俺たちは動画の世界で生き延びることができた。

今ではその騒動も過去のこととして、他の動画配信者たちと同じように活動ができるようになっているし、第一線で活躍もできている。

「人生、どう転ぶかわかんないよな」

「そうですね。あの時あの鍋食べて、初めは嘘でしょって思いましたけど、結果として本物だったわけで。それであれこれ話しすぎたことは認めたくはないですけど、よかったのかもしれませんよね」

企画を持ってきてくれたクマのおかげですよとルーペが言う。動画に出たくないと言っていたクマも、俺たちはやっぱり三人で一つだという結論にいたり、結局メンバーの一人として動画に出続けている。

彼は相変わらず無口だ。今も昔もあまり話さない。あの鍋を食べてた時やけに饒舌だったのは、やっぱり鍋の効果だったんだろう。

「せっかくこうやって記念の配信やってんだから、クマもなんか話せよ。あるだろ、動画見て思ったことの一つや、二つ」

俺が話を振ると、クマはゆっくりと口を開いた。

「実はさ……」

拭っても、拭っても

可愛い格好をしてデートに行く女の子。茶色の長い髪をゆるく巻いて、首の色と違う、やけに白いファンデを塗って。マツエクでナチュラルに盛った目元に、婚活リップなんて呼ばれてる薄いピンク色を唇にひいている。

唇と同系色のパフスリーブのトップスに、シフォン素材の白い膝丈のスカートをふんわりと翻して地下鉄の階段をコツコツと上がっていく。斜めがけにされた赤いポシェットが女と少女を繋ぎ合わせているみたいだ。

私の前を駆け上がって行く、可愛らしい小柄な二十代前半の女子よ。すべて完璧かもしれないが、君の足下。足下だよ。

太めのヒールがついたピンクベージュの靴におさまった小さな足の踵。うっすらと筋が浮き上がったアキレス腱にべたりと貼られた茶色の絆創膏。靴擦れして貼られたであろう絆創膏。

あなたの軽い足取りから察するに、これからデートなんだろう。土曜日の昼下がり、ふんわりと漂ってくる甘い香水の香りが、私の推理に確信を与えた。

そして、地下鉄の階段を上りきったところに答えは待っていた。量産型キノコヘアーで目元をうっすらと隠した優男が気持ちいいくらい青いシャツに身を包んで、笑顔で彼女を迎えていた。

私は階段の出入り口付近で足を止め、肩に掛けた黒い革製のトートバッグからスマホを取り出す。目的地の確認をするふりをして、薄暗がりの中でスマホと地上の双方に視線を走らせながら二人の動向を窺った。

今日も可愛い、かっこいいねとお互いを褒め合い、早く行こうと手を引き合いながらはしゃぐカップルの声が遠くなっていく。

なんだこの流れ弾に当たったような気分は。

私は地上に出て、三十メートルほど先にある喫煙所で、ガス切れ間近の百円ライターを親指で何度も擦ってから煙草に火を点ける。

一息。不健康の塊と言われる煙を吸い込むことで、自分の中に生まれた精神的不健康な物質が体内に溶けていく。

もう一度吸ったところで、髪の毛を束ねていないことを思い出して、口に煙草を咥えたまま手首につけていた黒いゴムで、肩口で切り揃えられた黒髪をぎゅっとくりあげた。気休めでも髪に煙草の臭いがうつっていないことを願う。

吐いた煙が風に流されるのを眺めながら考える。あんな風に人前でお互いの好意をダダ漏れにすることは自分にはあっただろうか。

あの絆創膏。もし、そういうことになったらどうするんだろう。

あのカップルに訪れるであろう場面を想像した。甘い言葉を囁かれて、体を包む布が剝ぎ取られていく。お互いの体温を直に感じるようになり、体を手が這っていく。そして、彼女の足下に視線がいった時。場違いな顔で、空気も読まずに「やあ！」と言ってのけそうな、あの絆創膏。

男はその滑稽さに萎れるのではないか。そして一日歩き回った末に、シャワーを浴びてふやけた絆創膏に対して、不衛生だと言うのではないか。

そこまでの場面を頭の中で五回ほど繰り返しながら、煙草を吸ってどうにかやり過ごした。

夕方からのミーティングで嫌煙家の部長に煙草の臭いを嫌がられないだろうかと、髪をほどいて臭いを確認すると、キャラメルの煙草の甘い香りがうっすらついているように感じた。念のために後でティーツリーのミストを吹きかけておこう。

その日の夜、あの絆創膏の話を美智子にした。

商店街の一角にある小ぢんまりとした中華料理屋で、麻婆豆腐丼と汁なし担々麺の大皿を二つ並べて、紹興酒を流し込む。山椒で痺れてピリピリというよりジリジリした舌に、紹興酒は甘く絡みついてきて、舌がふわっと柔らかくなった心地になる。

前菜から棒棒鶏、豚の角煮、海鮮ブロッコリー炒めと散々中華料理をかき込んだのに、締めにまさかの炭水化物が二種類もやってくる利益度外視のフードファイト的中華料理屋。コスパも味も満点。美智子と私のお気に入りの店だ。

お腹（なか）が満たされることで血糖値が上がり、お酒の力も借りてその他もろもろも上がったり下がったりする。人間の三大欲求とはよく言ったものだと思った。とろけそうな感覚と、弾（はじ）けそうな胃袋を抱えて、私は美智子に切り出してみた。

「ねえ。今日、デートに向かうふわふわ系女子がいてさ」

「おーう」

紹興酒にやられ俯（うつむ）いていた美智子の首がぱっと上がった。黒く艶やかなショートカットは高校で出会った頃の彼女の面影が残っていて、三十代に突入したのに随分と幼く見える。ウェディングプランナーという仕事柄、人に好印象を与えるメイクで顔を飾っているが、流石（さすが）に食べて飲んでの繰り返しで、鼻や頰の高い部分がテカっている。

お酒に呑まれてとろっとした目の中には少々好奇心の光が宿っていた。

「彼氏とデートっぽくてね。すごく可愛かったし、気合いの入った格好してたんだけどさ、ヒール履いた踵に」

「踵に？」

あの筋の浮き出たアキレス腱にべっとりと貼られた茶色い絆創膏が目に浮かんでくる。

「絆創膏が貼ってあったの」

「へー、靴擦れしてまでヒール履いてオシャレするの健気だなあ。私にはもうその気力はないなあ」

パンツスーツに身を包んだ彼女の足下は黒の踵の低いパンプスだ。ウェディングの仕事をしていると毎日立ちっぱなしでヒールなんて履いてられないと彼女は言う。

「許されるなら毎日スニーカーでいたい」

「それは同感」

と言いながら自分の足を隠すように椅子の下に引きよせた。一日中ヒールを履いてむくんできつくなった足がギチギチと痛む。

「いや、まあ。そうよね。ただださ、もし彼氏と夜にいい感じになった時よ。その絆創膏、どうなのよって思ったわけ」

「は？　何言ってんの？」

小さな店内に美智子の声が響き渡る。

「いや、何って」

「何考えてんのよー」

今度は赤いテーブルを叩きながらゲラゲラ笑っている。

「美智子はありなの？」

「ありっていうか、だってしょうがないでしょ。痛いし。花嫁さんでもいるよ。普段履かないような高いヒール履くと靴擦れしちゃう人。そういう時はやっぱり靴擦れ用の絆創膏貼ってあげる。人生の晴れ舞台の思い出が靴擦れの痛みだったら嫌じゃない」

そうだけどと思いながらも、私の伝えたい視覚的な色気のなさについては伝わっていないようだった。

「逆にエッチしてる時に靴擦れの傷口見えてる方がグロいよ」

粘膜と粘膜が触れ合っているというのに、肝心な部分ではない体の内部が見えてしまっているのはダメなのか、と考えてから不快な想像をしたことに後悔をする。問題はグロいかどうかではない。

「男の人ってそういうので萎えたりしないのかな」

ひき肉を絡めた太い麺を美智子はすする。担々麺の油が彼女の唇をテカテカにしていく。私はカサついた唇を湿らせて、白いブラウスの袖が汚れないように気をつけながら、麻婆豆腐丼に差し込まれたレンゲで自分の取り皿におかわりをよそった。

美智子は咀嚼しながら斜め上を見る。彼女が考えを巡らす時の癖だった。ごくんと喉を麺が通ってから、私は、と切り出す。

「私は男じゃないから、正直わからん。でも、ゆりが見たその子は若かったんでしょ？」

「うん。二十代前半くらい」

「だとしたらやっぱり健気だと思うよー」

「そうかな」

「だってさ、若い時って見た目優先で靴買っちゃうじゃない。足に合わないけど我慢してさ。で、だんだん学習して、見た目と実用性を兼ね備えたものを選ぶようになる、と思う。てか、私がそうだった。だから健気だよ、その姿勢が。女は女として見られたいじゃん。彼氏に女の子扱いされたいじゃん、愛されたいじゃん」

「と、した時です。その健気さが生んだ、真逆の不格好な絆創膏は正義なわけですか？」

私は二十三時台のニュースキャスターのように聞き返す。

「うーん……正義では、ないな」

顔をワザとらしく歪めた美智子に、ほらと返すと、彼女はうるせぇ！　と笑って麻婆豆腐丼に自分のレンゲを突っ込もうとした。私はその手を反射的に掴む。はっとした美智子は、ごめんと言ってから、取り分け専用のレンゲを使って麻婆豆腐丼をよそった。

「結局ゆりは何が言いたいわけよ」

「絆創膏は不快だって共感してもらいたかった。あと、色っぽくない」

私は小さいグラスに残った紹興酒を口をすぼめてグッとあおった。グラスを持った指先がチクリと痛んだ気がした。

「ゆりもそろそろいい人見つけなきゃ」

美智子は私の機嫌をとるように明るい声で話し始める。

「私の夢の一つに、ゆりの結婚式のプランニングっていうのがあるんだからさ」

「結婚ねえ。できるんでしょうか、私に」

「前の人と別れてから全然いい感じの話がないんだもん。たまにはそういう話を聞かせて欲しいな」

「美智子もね」

人のことは言えない立場だと笑い合う。こんな風に笑えるようになったのも最近の話だ。

気持ちを踏みにじられた最悪な別れ方だった。私の全部を最後の最後に否定され、傷つけられた。言葉の刃が深く突き刺さった方が、大きな切り傷よりもずっと治りが遅いことを身を以て知った。気軽に笑えるくらい表面の傷が塞がったとしても、中は未だに再生せず、細くて長い穴が内側でじくじくと痛む。

彼と付き合っていた頃、仕事はいつも定時に切り上げ、彼からの連絡を、彼の部屋で待っていた。週末は車であちこちの美術館に出かけた。たどり着くのはいつも初めての場所。無機質で清潔な空間には、絵画や彫刻、写真がずらっと並んでいた。そのどれもが理解できるわけではなかったが、同じものを見て言葉を交わすことで、同じ感覚を共有している気分になれて心が満たされた。

週に三日は彼の家に泊まり、仕事で手が回らない彼のために、家のことはなんでもしてあげた。彼のワイシャツ一枚一枚にアイロンをかけて、シャツの色に合わせたネクタイと一緒にクローゼットにかけておく。完璧主義の彼が仕事以外でわずらわされることなく日々を過ごせるように、私は献身的に尽くしていた。そんな私を彼は好きだと言ってくれたし、早く一緒になれたらいいと言ってくれていたのに。

彼と別れてから、悲しみの穴を誰にも打ち明けられず、その痛みを誤魔化すように仕事にのめり込み、疲れ果て、家に帰って倒れるように眠る。そうすると自分の内側と向き合うこともなく、勝手にカレンダーはめくられていく。

忘れようとしていたのに、今その塞いだはずの蓋が持ち上げられようとしている。苛ついてるのはそのせいかもしれない。もう、私の人生から丸ごと出て行って欲しいのに、好きだったことを覚えている体がそれを許そうとしない。

「ゆりちゃんも、美智子ちゃんも楽しい話しましょうよ」

厨房からこの店のお母さんが汗だくになって出てきた。恰幅のよい体を強調するような大きなエプロンをつけ、厨房の暑さに耐えうるように短く刈り込まれた金色の髪の毛は悪役女子プロレスラーみたいだといつも思ってしまう。

「これ、サービスね。このあと何があってもいいようにニンニクは抜いてあるから」

　五つの餃子（ギョーザ）がのった皿をテーブルに置いた後、似合わないウインクをしてお母さんはまた厨房に戻って行った。美智子がそんな予定ないですよーとゲラゲラ笑いながら大声で厨房に話しかけている。私も笑おうとしたけれど、不意に言葉が喉につっかえて何も出てこなくなった。

　気がつけば足が貧乏ゆすりを始め、ガタガタ音を立て始める。思わず私は頭を抱えた。思い出したくないことが蘇（よみがえ）る。他人の恋愛に苛ついている時にどうして私は中華料理を選んでしまったんだ。じっと餃子を見た。

「何、もうお腹いっぱい？」

サービスなんだし食べようよと、美智子は餃子に箸を伸ばした。

　結局私は餃子に手をつけることなく店を後にした。帰り際、次に連絡する時はいい報告にしてねと美智子は千鳥足で帰って行った。ウェディングの仕事は大変だろうが、日々人の幸せの手伝いをしている彼女は、人の負の感情に対して少しだけ鈍いのかもしれない。

　部屋に帰り、ヒールをきちんと揃える。擦れて黒くなった部分をさっと拭き取ることを忘れない。こうしてしまえばいつでも綺麗（きれい）な靴で仕事に出かけられる。

　手を石鹸（せっけん）で一分しっかり洗ってから、下着を着け替え部屋着に着替える。風呂場の掃除をしてお湯を張り、棚の上、テレビの上、埃のたまりそうな場所を拭き取る。掃除機をかけ、ウエットシートで床を磨いて、部屋全体に除菌スプレーとアロマスプレーを振り撒いたところで私の帰宅後のルーティーンが終わる。

磨いた背の高いグラスにミネラルウォーターを注いで、革張りのソファに腰をおろした。お酒と油でギチギチの胃の中に水を流し込むと、お腹のあたりがぐるぐるっと鳴った。

お風呂に入ったら、いつも通り寝る時用の下着に替えて、寝巻きに着替える……。お腹の音を聞きながら、それをイメージした。同じ流れの中から抜け出せないそんな自分が滑稽で嫌になり、今すぐグラスの水を部屋中にぶちまけたくなった。テーブルの上に乱暴にグラスを置くと水が少しだけこぼれた。あっ、となって急いで拭き取ろうとしたけれど、ティッシュに手を伸ばした瞬間にバカバカしくなってそれをやめた。

気持ちを鎮めるためにベランダに出て、風にあたりながら煙草を吹かした。相変わらず点きの悪いクリアグリーンの百円ライターを街の灯りにかざしてみる。

私の部屋は全てが綺麗だ。床も窓も曇りがない。埃も落ちていないし、空気清浄機は常にフル稼働。こんな筈じゃなかったのに、帰宅すれば追われるように部屋を磨く。

絆創膏を貼った女の子、シャツを纏った優男、餃子、絆創膏、シャツ、餃子、絆創膏、シャツ、餃子。そしてこの清潔を装った部屋。忘れようとしているのに、全然忘れることができていないじゃないか。

七ヶ月前、元彼の部屋に食事を作りに行った時だ。彼のリクエストを聞いて、私はいつものように食材を手に部屋へ向かった。合鍵で部屋に入り慣れた手つきで調理を始めた。料理をする時に服が汚れないようにと、彼がプレゼントしてくれたオレンジ色のエプロンをつけると、今日も美味しいものを作るぞと気合いが入る。美味しいと言ってくれる彼の顔が好きだから、料理をする時はその顔と声を思い浮かべ鼻歌を歌った。キャベツをザクザクと切ってからみじん切りにしていった。鼻歌に合わせ、リズミカルに包丁を動かしているとざくりと嫌な感覚があった。

人は手を切ってしまうと、やってしまったなと妙に冷静な気持ちになる気がする。この時の私も同じ気持ちで、五ミリほど切ってしまった左手の人差し指の第一関節をじっと眺め、痛いなとしみじみと思った。

薬箱から消毒液と絆創膏を取り出し、傷口をしっかりと消毒し、絆創膏をぐるっと巻きつけた。その後は何事もなかったようにキャベツ、ニラ、ニンニクを細かく切り、ひき肉と混ぜて手で捏ねた。餃子の皮に、タネをのせ、水で濡らした人差し指で縁を湿らせてひとつひとつ丁寧に包んでいく。二十個ほど包んだら、後は彼の帰りを待って焼くだけだ。

十九時頃いつも通り彼が帰ってきた。玄関で脱いだ革靴を揃え、すぐ手を洗い、真っ白なTシャツと、シンプルな紺色のジャージ素材の長いパンツに着替えて彼はリビングへ入ってきた。

お帰りなさいと言うと、清潔な私をすっぽりと包み込んでくれる。このままぎゅっと力いっぱい抱きしめられても、彼の腕では私の体は潰れないだろう。三十になるのに、見た目が若々しく見えるのは、少年ぽさが残る色の白さと、柔らかい髪の毛、そしてこの細身の体のせいかもしれない。大人の男性と言うには頼りない体つきをしている。

「餃子?」

「もちろん餃子」

「やった。作ってくれてありがとう」

「今から焼くから、少しだけ待っててね」

目を細めて猫みたいに笑ってから、彼はソファでくつろぎ始めた。1LDKのこの部屋は、キッチンに立っていても彼の姿が見えるところが好きだ。オープンキッチンに立って、彼の姿を見ながら料理をする時、自然と二人の将来のことを考えて顔が緩んでしまう。

餃子が焼ける音に混じって、彼が電話をする声が聞こえる。

「今日も仕事が大変だったよ。先輩が企画書を作ってたのに、取引先での会議にそのデータが入ったPC忘れてきてさ」

大変だったと言いながら、彼の表情は嬉しそうだ。

「データを共有してたから、俺がすぐに資料を印刷してなんとかなって。先輩に感謝されたよ。お前が一緒でよかったって」

電話の向こうの反応に彼の声が弾んだ。

「だろ。先輩抜けてるところがあるからさ、万が一を想定して、俺がデータ共有させてくださいって言ってたんだ。本当にそうしておいてよかったよ」

フライパンの上では円を描くように餃子が並んでいる。片栗粉の具合もよくて、綺麗に丸形の羽根つき餃子が出来上がった。

香ばしい匂いで焼き上がりを察知したのか、彼は電話を切って台所に手を洗いにきた。

「もうできるから、待っててね」

手洗い石鹼の隣にある消毒液を手に吹きかけ、すり込むようにしている彼に言った。

「どうぞ」

大皿に盛り付けられた羽根つき餃子をテーブルにのせると彼の目が輝いた。美味しそうだねと言って、箸置きにおかれた箸を手にして、餃子に手を伸ばす。きつね色に焼けた羽根の部分がパリパリと小気味いい音を立てて弾ける。私は彼が一口目を食べ終えるのをじっと待った。

「やっぱり美味しいな」

目を閉じてゆっくりと彼は味わってくれた。私はホッと胸をなでおろす。

餃子が好きだと言う彼に初めて手作りの餃子を振る舞った時、美味しくないと言われてしまった。彼の一番好きな食べ物はお母さんが作った餃子で、家で作るならその味を再現して欲しいと頼まれた。付き合い始めて四ヶ月が経っていた。

美智子から男を掴むならまずは胃袋からと言われていたから、私はすぐに彼のお母さんに連絡させてもらい、レシピを教えてもらったのだ。しばらくは〈母の味〉を再現する日々が続いた。何度も自宅で作り美智子に食べてもらったり、彼に頼んで実家に連れて行ってもらい、お母さんと一緒に餃子を作ったこともあった。試行錯誤の末、お母さんの味をようやく再現できたのは頼まれてから八ヶ月が経った頃だった。

それからは月に一度は必ず餃子を作って欲しいと頼まれるようになった。私は彼にも、彼のお母さんにも認めてもらえたような気持ちになってとても嬉しかった。

交際は順調に進み、付き合い始めてもうすぐ二年になろうとしていた。

三十代に足を踏み入れた私は結婚というゴールに向かって走り始めたと思っていた。

せっかく手にしたチャンスを逃したくはない。このまま転けることなくゴールテープを切りたくて焦っていた。

彼のお母さんは礼儀正しく、家の中は整理整頓されていて、とても綺麗だった。台所のシンクも銀色に光っていて、ガスコンロには焦げ付きもなく、壁には油はねのシミ一つなかった。まるでモデルルームのようだなと思ったことをはっきりと覚えている。

母親譲りなのか、彼もお母さんのように綺麗好きだ。部屋には物が少なく、床はいつもピカピカだ。彼に好意を抱くようになってから、嫌われたくない一心で、私は禁煙し、自分の部屋も綺麗に保つようになった。けれど彼は、食事をするのも、寝るのも自分の家がいいと言って譲らなかった。私の家で作ったものを保存容器に詰めて持ってくることもやめてくれと言われた時は流石に驚いたが、確かに移動する間の温度変化で中身が傷んでしまうこともあるかもしれないと納得し、私は彼の言うことを守った。だから彼の家で料理をし、作り置きのおかずも彼の家にある保存容器に入れ冷蔵庫にストックした。

どんなに盛り上がっていい雰囲気になったとしても、シャワーを浴びてからお互いの体に触れ合った。

少し面倒だと思うこともあるけれど、慣れてしまえばそんな彼も愛おしく感じられる。清潔であれば愛を受け取れるのだ。

「今日会社で大変なことがあってさ」

私が台所で調理中に電話で母親にしていた話が繰り返される。私はさも初めて聞くかのように彼の話に相槌を打つ。それは大変だったね。あなたのおかげ。しっかりしてるからみんなから信頼されてるのね。決して口の中に食べ物がある状態で言葉を発しないように気をつけた。

「あれ」

急に彼が手を止めた。きちんと箸置きに箸が戻され、彼の手が私の手に伸びてくる。左手をとられ、人差し指に触れられる。

「ここ、どうしたの」

「あ、これね。包丁で切っちゃって。消毒したし、傷も深くないから大丈夫だと思う」

大したことないのと手を引っ込めて、顔の前で両手を振ってみせる。

「そう、それならよかった」

彼は眉を八の字にして私を見つめる。

「大丈夫よ」

大げさに笑顔を作って、私は餃子を食べる。しっかり飲み込んでから、やっぱりお母さんのレシピは美味しいねと彼に話しかけた。

「指を怪我したのに作ってくれたんだね」

彼はもう一度私の手をとって包み込んでくれた。

食事を終えた後、私は自分の家に帰った。お風呂上がり、水でふやけた絆創膏が剝がれてきたので外してみると、傷口の皮はもう薄く塞がっていた。

「私もまだ若いってことかな」

新しい絆創膏を丁寧に貼って眠りについた。

次の日の朝、鳴りやまないスマホの着信音で目が覚めた。時刻は六時を過ぎた頃だった。いつもならあと一時間は眠れるのに、こんな朝早くに誰だと思いディスプレイを見ると、彼のお母さんからだった。私は慌てて電話に出る。寝ていたのを必死に隠そうと、見えてもいないのに乱れた髪の毛を手櫛でとかし、もしもしと応えた。

「もしもし。ゆりさん？」

「お、おはようございます」

寝起きの渇いた喉がひっついて、声がうまく出なかった。

「ちょっと、あなた、高之に何を食べさせたの？」

電話の向こうの刺々しい声に私は困惑する。

「えっと、何をとは」

「さっき高之から電話がかかってきて、あの子吐き気が酷くて動けないって」

「えっ。大丈夫なんですか」

風邪やウイルスには人一倍気をつけている彼が調子を悪くしたことは付き合ってから一度もなかった。

「大丈夫も何も、あなたが変なもの食べさせたからでしょ。あなたが作ったものがあったんだって、言ってるわ」

は？　と頭の中に疑問符が浮かんだ。私が変なものを食べさせたとはどういうことだろうか。

「私が作ったものであたったってどういうことでしょう」

「こっちが聞きたいわよ！」

耳がキンとするほどの怒鳴り声に、スマホのスピーカーも耐えきれず、ひどい音割れがした。

「す、すみません。ただ、えっと、昨日食べたものでしたら、餃子で、きちんと火を通しましたし、同じものを食べた私は何ともないので」

そこまで言うとまた大きな声が電話口から響いた。

「あなたと違って、高之はデリケートなのよ。あなたが大丈夫でも、あの子が大丈夫じゃないことだってあるんだから」

どうしていいのかわからず、私はただ謝るしかなかった。確かな理由もわからないまま一方的に怒られ続け、スマホが随分と熱を帯びてきた。ひとまず出社しなければならない旨を伝え、会社が終わったら彼の部屋に様子を見に行くと告げると、ぴしゃりと断られた。

「あなたのせいで体調を崩したんです。あなたがまた何か作って食べさせて悪化したらどうするの？　今日は私が看病しますから、来ないでちょうだい」

　ブツッと一方的に電話が切られた。私はベッドの上で呆然とするしかなかった。

　昼休みになるまで、何度もスマホをチェックしたが返信はない。お母さんが様子を見に行くと言っていたが、やはり心配だ。何が悪かったのだろう。

　私は着信履歴から彼の番号をタップした。何度かコールが鳴っても出る気配がない。

『大丈夫？』と彼にメールを入れてから急いで会社へ向かった。ぼんやりしていたらいつも家を出る時間を十分も過ぎていたのだ。朝ご飯を食べ損ねてしまった。

　スマホをスーツのポケットへしまい自分のデスクへと戻った。今日は任された化粧品会社の新商品広告プレゼンの会議があるのに、全く仕事に集中できないまま一日が過ぎてしまった。

　家に帰っても彼から連絡はなかった。二十一時を回った頃、もうお母さんも帰ったかもしれないともう一度電話をかけようとした時、彼から着信が入った。私は取り落としそうになったスマホをキャッチして、慌ててもしもしと言った。電話口からはトーンの低い彼の声がする。

「今日は大丈夫だった？」

その問いかけの後はじりじりと電子音が響く。

「もしもし？　聞こえてる？」

「聞こえてるよ」

「よかった。大丈夫？」

「……君のせいだ」

「え？　私のせいなの？」

「君が、不潔な手で餃子を作ったから。だからだよ」

不潔、とはどういうことだ？　私はいつものように、きちんと手を洗ったし、消毒液で除菌もしてから料理をした。食材も肉は新鮮なものを、野菜は野菜用洗剤で綺麗に洗い、餃子の皮を包む時に使う水だってミネラルウォーターにしていた。私に落ち度はないはずだ。

「私、ちゃんと綺麗にしてたけど」

「どこがだよ。絆創膏を巻いた怪我した手で料理したじゃないか。君が怪我してても作ってくれたんだと思って、我慢はしてみたけど、考えるだけでゾッとしたよ。不衛生極まりない。その怪我をした手で肉を何度も捏ねて、包んで、作ったんだろ。傷を絆創膏で巻いた手で、ベタベタ食材を触って作ったものをよく出したよな」

　そのせいで吐き気が止まらなかったと言われた。昨日は心配してくれていたのに。……いや、違う。あれは私の心配ではなかったのか。自分自身の体を心配していたんだ。私の手をとって絆創膏がどんな状態か確認したんだろう。

「ごめんなさい。悪気はなかったの」

「悪気がないって、それで許されるのかよ」

「いや、でも」

「でもってなんだよ、悪いのはそっちだろう。俺が昨日今日とどんな気分で過ごしたと思うんだよ」

「絆創膏をした手で料理したのは私が悪かった。ビニール手袋をするべきだったのに、配慮ができてなくてごめんなさい。もうしないから」

　電話越しに大きなため息が聞こえた。

「もういいよ。母さんと話し合ったけど、母さんも絆創膏をした手で餃子を作るなんて信じられないって言ってたよ。君の育ちが悪いのがよくわかるって。本当にそうだよね。俺が言わなくちゃ手を消毒することもしない人だったんだから。俺と付き合うようになって随分とましな人間になったと思っていたけど、やっぱり教育が行き届いてないんだよ。

　今回だけじゃない。今まで目をつぶってきたけど、本当はうんざりしてたんだ。初めて君の部屋に行った時もゾッとしたよ。トイレに便座カバーをつけてたりしてさ。あれだって毎日洗濯して替えてるわけじゃないんだろう。どれだけの雑菌がそこにいると思う？　不衛生極まりないよ。洗面台には髪の毛が落ちていたし、床に埃も髪の毛もあって、床を踏むのも不快だったんだよ。でも、君の内面をいいなって思ったから、我慢をして俺の家に来てもらってたんじゃないか。ようやくましになったと思ったらこれだよ。やっぱり母さんの言うことは間違いなかった」

一方的に言葉を投げつけられ、反論する気にもなれなかった。

「お母さんが？」

「初めて家に来た時に思ったたって、靴の先も踵も汚れてるって。いくら身なりが綺麗でも、足下が汚い女は不潔だって。本当は俺たちが付き合うことにも母さんは反対してたんだよ。俺にはもっといい人がいるって」

電話の向こうから声がする。彼に何か伝える女性の声だ。あれはきっとお母さんの声。

「本能的な好きって気持ちでこれまで我慢してきたけど、理性的になって、冷静になればわかることだったよ。母さんの言う通り君みたいな不衛生で、不潔な女とは付き合うべきじゃなかった。もうこれっきりだ」

よく言ったわねと甲高い声が聞こえた。電話の向こうに、日頃から必要以上に彼に触るお母さんの姿が浮かぶ。

「これっきりって」

「これっきりの意味もわからないのか。君とはもう終わりだよ。これからも不衛生な食事を口にするかもと思ったら、君と付き合っていくのはリスクが高すぎる。何度も我慢したけど、もう無理だよ。今日でもう終わりだ。もう連絡はしないでくれ、家にも来るな。君が置いているものも、何がついて汚れているかわからないから母さんが処分してくれるって」

じゃあ、と一方的に電話が切られた。ブツッという乱暴な音は、彼が私を完全に拒絶した音として耳の奥にいつまでも残った。

それからはメールしても返信はない。電話にも出てもらえない。彼の家まで行っても会ってはもらえない。

そんな日々が続いて、私は行き場のない感情を忘れるように仕事にのめり込み、汚いと言われた自分を清潔にするよう、周りから神経質だと言われるほどの潔癖な人間になった。ただ、人が触れたものを汚いと思うわけではなく、私が触ったものが汚いのだという考えが頭にこびりつき、自分が触ったものは他人が触る前に綺麗にするようになった。汚い、不衛生、不潔、投げつけられた言葉も一緒に拭い去ろうとした。

美智子には、彼から一方的に別れを告げられたとしか言っていない。絆創膏のことも、餃子の話もできなかった。

忘れようとしても彼の存在を私の中から消すことができない。清潔に保たれた部屋も、自分も、綺麗でいることでどこかで彼と繋がっているかもと考えてしまう。

だけど、なんで私はこんなにも執着してしまっているんだ。あんなに侮辱され、母親の意見にしたがってしまうような男に。ただ結婚したいだけだったのか……。早く落ち着いて、両親や自分を安心させたい、そう思っていたのは確かで。そのせいでどこからも這い上がることのできない穴に落ちてしまったんだ。

ベランダの端に置いた空き缶に吸い殻が突き刺さっている。私はその中にまた煙草を押し込んだ。

煙草の臭いのついた髪の毛を早く洗わなければとわかっているのに、ベランダから室内に戻り、私はソファで丸くなった。

翌朝ソファの上で目覚めた私はゾッとした。お風呂にも入らず、寝巻きにも着替えず、寝てしまった。髪の毛からは甘いキャラメルの煙草の臭いがうっすらとする。体を綺麗にせずに寝てしまったことが恐ろしくて、慌ててお風呂に入り、全身を何度も洗った。寝てしまったソファもウエットシートで拭いて綺麗にする。

必死になって部屋に漂う昨日の自分の汚れた気配を消そうとした。擦っては除菌し、擦っては除菌。この繰り返しだ。

ふと冷静になった時、八時を過ぎていることに気づいた。まずい。家を出る時間を三十分も過ぎている。掃除道具を乱暴にひとまとめにし、スーツに着替えて家を飛び出した。

カバンの中身は昨日のぐちゃぐちゃなまま。着ているシャツもアイロンをかけ直せなくて、落ち着かない。髪の毛も櫛を通しただけで、全体的に右側にハネてしまっているのを手で何度もとかしつけたが、どうにもならない。

結局会社へは十五分ほど遅刻をしてしまった。すぐに上司のデスクへ向かい、すみませんでしたと、走って来たままのボロボロの格好で遅れた詫びを入れる。頭を下げて見えたヒールのつま先は何度も擦れて黒くなっていた。

フラフラと自分のデスクに腰をおろした。ウエットティッシュで整理整頓されたデスクの上を綺麗に拭くと、少しだけ気持ちが和らいだ。

ボサボサに暴れている髪の毛をゴムで縛って誤魔化そうとした時、向かいのデスクに座る木下君に声をかけられた。今、同じチームで企画を進めている後輩だ。

「寝坊ですか？」

「まあ」

私がバツの悪い思いで答えると、木下君は嬉しそうに笑った。

「寝坊とかするんですね。意外です。いつもちゃんとしてるから」

「ちゃんと？」

「隙があるんだなって安心しますよ」

そして声を潜めて、俺もよく遅刻しそうになるんでちょっと救われた気分です、と言ってきた。

「隙って何？」

「え？　そうですね。いつもピシッとしてサイボーグっぽさがあったけど、頭もボサボサだし、シャツとジャケットの色が合ってないし、そういうところですかね。人間味に溢れてますよ、今日は」

「そお」

私は少し俯いて、髪をひとまとめにした。ぎゅっと縛り上げると、自分の落ち込んだ気持ちがちょっと上向きになる気がした。

身長が高い木下君は、横に並ぶとその大きさに圧倒されるけれど、話してみると柔和な人、というか人懐っこいゴールデンレトリバーのような男だ。尻尾を振って誰とでも上手くコミュニケーションをとってしまう。

しかしデスクは、私と真逆のような状態だ。書類が高く積まれ、色や形がバラバラなファイルが乱雑にデスクの上を占拠している。

綺麗にしてなくてもいいのかな。私だって、昔は全然潔癖じゃなかったはずだ。私の価値観はどこでぐにゃりと曲がってしまったんだ。

「ねえ、絆創膏が貼ってあったらどう思う？」

走ってさらに散らかったカバンの中から角の折れ曲がったファイルを出しながら、私は彼に尋ねてみた。突然投げかけられた質問に彼はキョトンとして、何度か素早く瞬き（まばた）をした。

「どうって、怪我したのかなって思いますよね。普通」

普通か。何を当たり前な質問をしてしまったのだろう。そうだよねと言って私は荒れ放題のカバンの中を整理し直す。

Ａ４サイズのクリアファイルが三枚に、分厚いファイルが一冊。ペンケース。コンパクトにまとめられた化粧直し用のポーチ。リップクリーム用のポーチと綿棒入れ。携帯用ハンドジェル。煙草のポーチ。ハンカチが三枚。だけどこれは昨日のものだからもう使えない。ポケットティッシュとウエットティッシュがあるから今日はそれでしのげるだろう。最悪コンビニでハンカチを買おう。ノートパソコンは確認するまでもなく入っているし、財布も、手帳も、家の鍵もある。

それらをデスクの上に綺麗に並べ、必要なものだけを残してあとはカバンの中にきちんとしまっていく。あるべきものがあるべき場所に収まることはジグソーパズルのピースがはまるみたいで気持ちがいい。

ふとデスクの上に置かれた小さな鏡に目がいく。髪を一つにまとめたけれど、ブローせずに出てきたせいで前髪がS字にうねっている。

情けなくてため息が出る。元彼に囚(とら)われて癇癪(かんしゃく)を起こしたことも、それを翌日に引きずってしまうことも。今すぐ耳を塞いで目を閉じてしまいたい。感情をボヤけさせたくて急に口が寂しく感じる。煙草、と頭に浮かぶけれど、流石に遅刻してきてすぐに喫煙所に立つのはよくないだろう。整頓の終わったデスクの上のノートパソコンを開き、両目をぎゅっとつぶってから今日の分のタスクを確認する。

社内にチャイムが鳴り響いた。下唇を指でつまんでいたことに気づく。どうにも仕事に集中できない。今週中にと頼まれている企画のコピー案を考えては消し、考えては消しを繰り返すだけの午前中。後輩に淹(い)れてもらったコーヒーは半分以上残ったまま冷めている。昼だというのにお腹は空(す)かない。

頭の片隅に元彼に言われた言葉や、一緒に過ごした場面が過(よぎ)る。今まで蓋をしていたのに、こんなに簡単に溢れ出してくるのか。まるで付き合いたての女じゃないか。また無意識に下唇をつまんでいたことに気づく。ちらっと目の端に映る自分の顔はすっぴんで目も鼻もぼんやりとしているのに、突き出した唇だけが主張をしていて、『天才バカボン』のウナギイヌみたいだ。

元彼の高之は私が一時期担当したクライアントに勤めていた。あるプロジェクトのささやかな打ち上げで私は彼を気の毒に思った。料理を率先して取り分けて、直箸に気をつけてお店の人にその都度取り分け用の箸を用意してもらっていた。テーブルが濡れるとサッと拭き取る姿は、打ち合わせの時にも何度か見ていて、この人の部屋はきっと綺麗なんだろうなと思っていた。

「こいつめちゃくちゃ潔癖なんですよ」

ジョッキを片手に肩を組んで、赤ら顔の上司が彼を揺さぶった。そんなに酷くはないですよと笑いながらも、上司の汗ばんだワイシャツが密着するのを器用に避けていた。きっと彼の癖は飲み会のネタとして散々イジられてきたんだろう。細くなった目の奥が笑っていなくて気の毒に思った。

「潔癖ってリモコンにラップしちゃうタイプの人ですか？」

私の後輩の女の子が興味津々な声で投げかける。

「俳優の人がこの前テレビでその話をしてて、その人のことすっごい好きだったんですけど、流石にそれはないわーって引いたんですよ」

「リモコンはどうか知らないけど、パソコンのキーボードは使う前に必ず除菌して拭いてるよな。自分しか触らないのに」

お酒の入った人たちがどっと笑った。私は随分前に取り分けられたサラダを頬張った。

野菜はしなびていた。中に入っていたナッツがカリッと音を立てて砕ける。

その後も彼の神経質な面が面白半分に次々と語られる。職場で使うマグカップは、人に触らせず自分でコーヒーを淹れるし、自分で洗っている。頻繁に手を洗う。ドアノブを触った後や、エレベーターのボタンを押した後も除菌ティッシュで手を拭くなどなど。それを聞き、周りは信じられないと笑い、私は黙っていた。

彼は相変わらず愛想笑いを浮かべて、風邪をひいたら困るのでとか、子供の頃からの習慣なんですよ、と当たり障りのない言い訳でかわしていた。

そんなことどうだっていいじゃないか。例えば彼が本当に潔癖症だろうが、仕事をする上で私はなんにも困ることはなかった。作った書類を、人が触ったものだから受け取れないと言われたら困ってしまうが、そんなこともなく、細かい気遣いができる人で、仕事をする相手としてはかなり好印象だった。

早くこの会が終わって欲しいと、レモンサワーを飲み干して、グラスの底の形に濡れたテーブルをお手拭きで拭こうとした時、彼と目が合った。丁度彼の手にもお手拭きが握られて、まるで私と同じことをしようとしているみたいだった。

「あ、すみません」

思わず謝る私に、彼もすみませんと少し俯いて返してきた。

「ほら、こういうところなんですよ」

また大きな笑い声が響く。気づかなかったふりをして、私はテーブルの水滴を拭き取った。

あの時の恥じらうような姿を、飲み会の後もよく思い出した。短く切られた髪の毛の横から飛びだした耳がほんのり赤く染まって、小猿みたいで可愛らしいと思った。

彼は照れた時も、怒った時も耳を赤くしていたな。

その後、彼からメールをもらって食事に行くことになった。小洒落たイタリアンでコース料理を食べた。よく考えれば一皿ずつ出てくる料理は他人に皿を荒らされることがない。カトラリーを一度紙ナプキンで拭いてから使う姿を見て、本当に潔癖症なのかもしれないと思った。

ゆりさん、と木下君に名前を呼ばれて現実に引き戻される。つまんでいた下唇がじんじんと痛む。

「今日弁当持ってきてないんですか?」

「忘れた」

答えた後にデスクの上の鏡をちらっと確認する。下唇が妙にぽってりしている。

「ねえ、見てた?」

「見ましたね。ずーっと唇つまんでて何事かと思いました」

大きなため息が出て私はどさりとデスクに突っ伏そうとしたが、開きっぱなしのノートパソコンに阻止される。デスクさえも私を拒むのか。

唇を噛(か)んで何もかもなかったことにしたかったが、じんじんとした痛みはまだ続いていて、落ち込んだ気持ちが蘇る。

「今日はダメだ」

「そういう日もありますよ」

「木下君はダメな日に耐性がありそう」

「それは偏見ですね。俺はダメな日でも仕事はダメじゃないんで」

向かい側のデスクから憎たらしい笑みを浮かべてこっちを見ている。やるせなさが全身の力を奪っていった。

「返す言葉もないわ。耐性が明らかにない」

私は椅子に座ったまま脱力する。ノーメイク、ボサボサの髪、しわになった二日目のスーツ、ジャケットと色の合っていないシャツ。自分の身なりを意識するだけで、いつもはみなぎっている仕事へのモチベーションが削(そ)がれていく。自分への苛立(いらだ)ちも募るばかりだ。

「俺と昼飯行きませんか？　ダメな社員としては先輩なんで、スイッチの切り替え方教えますよ」

「それは遠慮させてもらいたいわ」

昼休みのオフィスに人はほとんど残っていない。社食のないうちの会社では、みんなランチに出かけて行く。弁当派の私は、このほとんど人気(ひとけ)のないオフィスが好きだ。外回りのない日は自分で作った弁当を食べて、一服してから午後の仕事に臨むのがルーティーンだった。だいいち食事を一緒にするのはよほど気心の知れた相手でないと気を遣って疲れるだけだ。例えば、食べてるものを一口欲しいと言われたら。……考えるだけで気が滅入(めい)る。

「せっかく俺なりの優しさで声かけたっていうのに。たまには肩の力抜かないと、思ってもないミスしますよ」

まあ俺はいいですけどね、と光沢のあるスーツの背中を見せながら、木下君は財布を手にオフィスを出て行った。

一息ついてから、冷たくなったコーヒーを口に含んだ。酸化したコーヒーは不味(まず)い。カップの中を見ると小さな埃が浮いていて、蓋のあるマグか、タンブラーが必要だと思った。

それにしても、だ。自分の決まり事から外れてしまっている。お腹は空いていない。けれど、数時間もすれば空腹になってくるだろう。その時の自分を想像すると、何か、なんでもいいから口に入れなくてはいけないという気持ちになる。

会社の近くには大きな公園がある。今日みたいな日は芝生の上で弁当を食べたら気持ちがよかっただろうか。

お日様の匂いのする芝生。座るとほんのりあったかくて、柔らかい。お弁当の蓋を開けると中に入っているプチトマトや、卵焼きの色が芝生によく映えるだろう。そこに柔らかいそよ風が吹く。その風に乗って細かいチリや、土埃が舞ってくる。ん？　それはごめんだ。どんなに天気がよくても、やっぱり社内で食べるのが一番安心だ。

重たい腰と頭を無理やり動かし、なんとか立ち上がる。諦めて近くのカフェに行こう。ガラガラと大きな音が響く。周りを見回して、それが自分の引いた椅子のキャスター音だと知った。

昼のオフィスに人影は少ない。窓から射し込む光がブラインドに遮られて、バラバラにされている。何本もの筋になった光は雲の隙間から覗く天使の梯子にも見えた。

書類の山や段ボール箱に埋もれている多くのデスクの中で、誰よりも整頓された自分のデスクは誰も使っていないみたいだ。私はどこにいるんだろうか。

カフェに行くのはやめた。出社してからずっと吸いたいと思っていた煙草とスマホと財布を摑んで喫煙所へと向かった。歩きながら木下君にメールを打つ。昼休みはあと三十分ほどだ。

髪をきつく縛り直し、煙草の箱を軽く振る。飛び出してきた一本を口に咥えた。今にも息絶えそうな百円ライターはいい加減に買い換えなければと思いながらも、そのままにしてしまう。

元彼と付き合い始めてやめた煙草だったが、別れた途端にまた手放せなくなった。彼に合わせて自分を綺麗に保っていたけれど、その必要もなくなった。肺の中を不健康な煙で満たすことで、自分の不潔さを感じ、それがなぜか生きているという実感になった。

煙を吹かして鼻腔（びこう）で楽しむ。キャラメルの甘い香りと煙の臭いが混ざって頭がクラクラする。肺まで入れる時とは違う背徳感が、立ち上る煙に反して体をズブズブと沈めていく。

自分を追い詰めることでしか、肯定できないことに嫌気が差す。綺麗な自分。汚い自分。何が本当なのかわからなくなってしまった。染み付いた習慣や、思考は簡単には消えてくれない。それを今の自分だと受け止められたらもう少し自分という存在に寛容になれるんだろうか。

一本吸い終える頃に喫煙所のガラスが叩かれた。

「ゆりさん、これ」

ガラスの向こうであっても声が聞こえるはずなのに、わざとらしく口パクで伝えてくる木下君は憎めないやつだと思う。可愛がられる後輩。こんな風に生きられたなら楽だっただろうか。

ティーツリーのミストを家に忘れたことを思い出した。甘い煙の残り香を纏いながら、私は喫煙所から出る。気休めに軽くスーツを叩いてみるが、煙の臭いが立ち上ってくるだけだった。

「ありがとう」

「めちゃくちゃ綺麗好きなのに煙草吸うの、不思議ですよね」

煙の臭いを確かめるように、木下君の鼻が動く。

「臭いからやめて」

近づく体をぐいっと押しのけながら、私はビニール袋を奪い取った。中に入っているのはコンビニのおにぎりが二つ。

「おにぎり二つってメール入ってたんでとりあえず買ってきましたよ」

袋から取り出したおにぎりの具はベーコンエッグと牛カルビだ。

「ねえ、これは何」

「おにぎりですよ」

「木下君。おにぎりって言ったら普通は梅とか、シャケとか、昆布でしょ。何この男子高校生みたいなラインナップ」

あまりの変化球に思わず笑ってしまった。

「ベーコンエッグなんてよく見つけたね」

「これ、意外とうまいんですよ」

「……ありがとう。お金五百円あれば足りるよね」

財布から五百円玉を取り出し、木下君に渡そうとすると彼は大丈夫ですよと受け取らなかった。

「午後からしっかり仕事してもらえれば」

本人は少しキザに決めたつもりだったのだろう。けれど、そう言ってのけた口の端にはケチャップがついていた。

「わかったから、木下君はその口についたケチャップとってからオフィスに戻ってね」

ニヤニヤするのを抑えながら、私は彼の前を歩いた。

昼休みの終わりを告げるチャイムが流れ、オフィスには人の気配が戻った。午後の気怠い空気が漂う中、私はおにぎりを手にパソコンのキーボードを叩く。齧り付けばバリバリと音を立てて舞い落ちる海苔のかけら。おにぎりを摑んだ手にはコンビニおにぎり特有の人工的な匂いが残り、その手のままキーボードを叩く。うっすらと付着したデンプンがキーボードを汚していく。

絶対に自分がしなかったタブーを犯してみる。無理だと思ったが、始めてみると清々しい気持ちになってくる。

バリッと音を立てておにぎりを口に入れる。ベーコンエッグは、肉と卵と米が殴り合いの喧嘩をしている味で、調和のかけらもなかった。それでもエネルギーと化して頭の回転を手助けしてくれる。最後のひとかけらを口に放り込んだ後、その指先を丁寧に舐めた。どの指からも海苔と煙草の煙の混ざった風味がした。

「ベーコンエッグおにぎり、考えた人は反省すべき」

とメモ用紙に書き殴って丸め、向かいのデスクに投げた。けれどそれは軌道が逸れて、木下君のデスクに積み上げられた資料の山にぶつかって落ちた。

ウエットティッシュで手を丁寧に拭き、除菌ジェルをすり込む。デスクとキーボードに残る食事の痕跡を綺麗さっぱりなかったことにして私は席を立ち、木下君のデスクの後ろに回り込んで声をかけた。

「木下君。その荒れたデスクを片付けないの？」

椅子をくるっと回してこちらを向いた彼は、俺はこれで困ってないんですよと、仁王立ちする私に向かって言う。

「あなたはいいかもしれないけど、もし大事な資料がなくなっても、これじゃ気づかないかもしれないじゃない」

「大丈夫ですよ。全部場所把握してるんで」

「じゃあ明後日のクライアントとの会議に使う資料と、前回の議事録のコピーは？」

「ああ、リクターのですね」

彼はまたくるっと椅子を回してデスクに向き直ると、アルプス山脈のごとく高く積まれた書類の山からいとも簡単に資料を取り出してきた。

議事録のコピーは全部ここに入れてるんで、とデスクの引き出しの一番下の段を開け、資料の束をちらつかせる。

資料にざっと目を通すと、確かに明後日のデザイン会議に使う書類だった。

「ほら、ちゃんと管理できてるんですよ」

木下君はヘラヘラと笑ってみせる。歳は三つしか違わないのに、この柔軟性を持ち続けられることが羨ましい。犬みたいに尻尾を振って、上司にも、取引先にも気に入られて。

私は真面目だ、キチンとしてると言われるけれど、みんなに好かれるのは彼のような人間なんだろう。

「ゆりさんみたいにきっちり管理できてるのがいいと思うんですけどね。俺はこれで把握できちゃってるんで」

「それならいいけど」

「あ。でもゆりさん、俺が入ってきたばっかりの頃はそんなに綺麗なデスクじゃなかったですよね。俺のデスクに近いっていうか」

木下君が中途入社してきたのは三年前。高之と付き合い出す前だ。確かにその頃の私は今みたいに綺麗好きではなかった。

「そんな時もあった」

「どうしたら綺麗にできるか教えてくださいよ」

その言葉に一瞬怯(ひる)んだが悟られないように俯いて眉に力を入れる。なぜか頭の中には絆創膏を貼った女の子の踵が浮かぶ。浮かれた足取り。あんな可愛らしさが私にもあった気がする。

次の言葉が出てこなくて、顔を上げると黒目がちな木下君の瞳と視線がぶつかった。

「ゆりさん、今日仕事終わってから空いてます？」

突然の誘いに戸惑っていたら木下君はとっておきの場所があるんですよ、とわざと小さな声で言ってきた。

とっておき。口の中で反芻(はんすう)してみる。

「元気出しましょ。で、元気出して俺に整理整頓教えてください」

私はできるだけいつも通りを装って、考えとく、と言って、さっき落ちたメモ用紙を木下君のデスクの上に置き去りにして自分の席へと戻った。

定時のチャイムが鳴り終業を告げる。そそくさとタイムカードを押し、社員たちはオフィスを後にする。今年から原則残業はできないことになった。けれどそんな簡単に今までの仕事量が綺麗に片付くわけもなく、終わらない業務を社外でやるようになった。だから誰もがチャイムの音とともにオフィスを出ていく。時刻は十八時だ。

「木下君、今日はどれくらい残ってるの」

「今日は結構捗（はかど）ってたんで、明日の打ち合わせの資料の確認と、メールの返信くらいです」

「じゃあ……」

と私が言うと、スッキリしに行きましょ、と彼はネクタイを鬱陶（うっとう）しそうに緩めてみせた。

二人でタイムカードを押して、会社を後にする。

薄暗くなった道を後輩と並んで歩くのは妙な感じがした。

「昼間にダメな日のスイッチの切り替え方があるって言ってたじゃない？　そういう日はどんなお店に行くの」

同僚とこんな風に仕事以外で歩くのはどれくらいぶりだろうか。ふわっと吹いた風に踏み潰された銀杏（ぎんなん）の臭いが混ざっていて、臭くて少し笑えた。あの人だったら汚いと言って、秋のイチョウ並木は歩きたがらないだろう。そう感じて足が止まった。

木下君はイチョウの木の下の銀杏なんかお構いなしという感じで歩いていく。

「とっておきの場所があるんで、そこに。ちゃんとした飯じゃなくてもいいですか？」

少し先で声がする。うんと大きく返事をしたけど、私はその後ろについて行けないと思ってしまう。靴が汚れてしまったら、と。

ついてこない私に気がついて木下君がこちらを見た。たった十メートルほどだろうか。その距離が大きな河の両岸で向かい合っているみたいだった。

「ゆりさん、どうしたんですか」

「ちょっと」

マイペースな歩調で、銀杏の絨毯(じゅうたん)を踏み荒らして木下君が戻ってくる。私の視線はその足下にばかりいってしまう。潰れて弾けた銀杏に足がかかるたびにひやっとする。

「何か忘れ物しました?」

違うのと首を振るけれど、言葉が喉に引っかかってうまく出てきてくれない。私は地面を指差して、これ、と言う。

「これ、踏むのが」

木下君は私の指先を追いかけて地面を見る。薄暗い中でも黄色は目に強く留まる。

「銀杏ですか。踏むと臭いですもんね」

私はこくりと頷(うなず)いた。

「子供の頃、銀杏爆弾だーって言って遊ばなかったですか? 新品のスニーカー履いて、銀杏を踏まないようにイチョウ並木を歩くって遊び」

「してない」

「それと一緒で、こうやって進めばいいんですよ」

よっ、と言って、木下君はつま先立ちになり潰れた銀杏の間を縫うように跳んでいく。

まるで小学生だ。

「こうしたら靴汚れないですよ」

木下君はそのまま器用に進んで行ってしまう。たった十数メートルのこの並木を私は通り抜けられるだろうか。

わずかな隙間に右足を恐る恐る出し、左足をピョンとひきよせた。カバンを胸に抱え込み針山の上に立たされたみたいに私は不安な気持ちになった。

あの絆創膏の女の子なら、スカートを翻してジブリ映画のヒロインみたいにここを通り抜けていくだろうか。もう一度勇気を出して、今度は飛び跳ねるように銀杏の隙間を縫った。

もう並木の終わりにたどり着いた木下君が、その調子と手を振っている。なんだか運動会のリレーで頑張れと応援されている時のような恥ずかしさがこみ上げた。銀杏を踏まないことよりも、この恥ずかしさから一刻も早く抜け出したくて、私はスピードを上げた。

やっと着いたと思った時には息が上がっていた。

「ゆりさんヒールなのに器用ですね」

「ありがとう」

息を整えながら後ろを振り返ると、なんてことないイチョウ並木があった。

「で、どこ行くんだっけ」


途中のコンビニでビールのロング缶と適当なおつまみや、ホットスナックを買った。

向かった先は会社から歩いて五分ほどのところにあるあの大きな公園だった。

夜の公園はしんとしていて、芝生を踏む音と木々が風に揺れる音がするだけだ。昼間であればピクニックに来る人や、子供連れ、バドミントンやキャッチボールをする人たちがいるんだろう。

木下君はずんずんと奥に進んでいき、大きな木の傍の芝生に腰をおろした。点在する街灯のおかげでほどよい暗さが保たれている。木の下までたどり着くと、そこがなだらかな丘になっていて、下には池が見えることがわかった。

「日中だとこの時期は太陽が気持ちいいんですよ。昼間だったら、この公園の傍にうまいコーヒーとサンドイッチの店があって、そこでテイクアウトしてここで食べるんです。俺は今ニューヨークにいるぞって気分で。プチトリップですよね。気持ちだけ。今日は夜だからちょっと大人な感じにビールで」

「ニューヨーク行ったことあるの？」

「ないですよ。でも雰囲気ですよ、雰囲気。俺、『ホーム・アローン2』が好きなんですよ。最後の方で鳩おばさんにキジバトのクリスマスの飾りをプレゼントするシーン知ってます？」

「あったような」

「今度機会があったら観てください。クリスマスの話なんで、観るならクリスマスの時期がオススメです。その場面が子供の頃から好きで、この公園を見た時にセントラルパークみたいだって俺は思ったわけです。でっかいツリーはないけど、思うだけなら自由じゃないですか」

「そうね」

「で、ここで今夜は飲みましょう。風が気持ちよくてリフレッシュできますよ」

すでに芝生の上に座っている木下君は地面を叩いて私に座ることを要求してくる。けれど、芝生に直接座って飲み食いするのは汚いではないか。風に乗って何が飛んでくるかもわからないのに。

「今汚いって思ってません？」

「少し」

「どんだけ潔癖なんですか」

「そんなのじゃない！」

口から飛び出した強い言葉に驚いた。慌てて私は違うのと付け足し、カバンから昨日のハンカチを出して芝生に敷いた。その上に腰をおろし、ごめんなさいと謝る。

「潔癖じゃないの、私。それが、あの、聞いてもらおうと思った話なんだけど」

木下君はなんでもなかったみたいにビールを飲んだ。私も、ビールのプルタブを開けて申し訳程度に乾杯をした。

「木下君はさ、踵に絆創膏貼ってデートに来る女ってどう思う」

「え？」

「だから、踵に絆創膏貼ってデートに来ちゃう女の子、どう思う？」

木下君は何度も瞬きをして質問の真意を探り当てようとしていた。

「それ、朝も聞かれましたけど、ゆりさんがそうだったって話ですか？」

「違う。この前そういう子を見て、男の人はどんな感想を持つのかって気になってて」

そうですねと言ってから、彼はビールの喉ごしを楽しんでいた。

「俺は……」

「うん」

「彼女なら可愛いなって思いますよ」

「そうだとしてさ、もし、その後いい雰囲気になった時に、女の子の足に絆創膏があっても萎えない？」
　木下君がぶっと吹き出した。
「ゆりさんもう酔っ払ってます？　下戸(げこ)でしたっけ？」
「酔ってない。真剣に、聞いてるの」
「いやーどうだろうな。でも可愛いじゃないですか。できることなら普通の絆創膏より
キャラクター物だったら高得点ですかね」
「なんで。汚いとか思わない？」
「傷を守るためのものだからしょうがないじゃないですか。靴擦れだって可愛らしいと
思いますよ」
　そうか、そういうものか。私は俯いてちびちびとビールを飲み、買ってきた柿の種の
袋に手を伸ばした。手も拭いてないけど、この後どうせ木下君はなんにも気にしないで
素手でこれを食べるんだから一緒だろうと思った。
「ゆりさんは怪我とか、汚いとかそういうものにトラウマがあるんですか？」
「トラウマ、ねえ」
「やけに気にするじゃないですか。汚れとか」
　プルタブをカリカリと弾きながら、話すべきかどうか私は迷っている。会社の同僚に
打ち明けていい話なのだろうか。けれど……。

「ちょっと前まで付き合ってた人が潔癖症だったの」

「ほお」

木下君はニヤリとして、体を前のめりにした。

「もともと私ズボラで、ちゃんとしてなかったんだけど、彼に気に入られて。もう三十も過ぎたから結婚するならこの人だなって思って、必死になって自分を変えて彼に合わせたの」

彼に私とどうして付き合ったのかを聞いた時、

「打ち上げの席で、俺のことを馬鹿にしないでいてくれたから」

と言われた。私は馬鹿にしていないわけじゃなかった。どうでもよかったんだ。だけどこの人はそういう私を好きになってくれたんだと思って、一生懸命彼の理想の私でいようとした。

職場、収入、見た目も申し分ない。正直私は彼の肩書に釣られてついて行った。けれど、私がちゃんとすると喜んでくれる人がいることが嬉しくて、私は認められるたびに彼にはまっていった。

それが私を変えていったんだ。彼の望むような清潔な女になり、彼を不快にしない環境を作る。そうやって受け入れられることに快感を覚えてしまった。

キスをする前は歯を磨かなければならないってことも、付き合い始めの頃に美智子に話した時は信じられないと言われたけれど、清潔な状態で舌を絡ませ合う時、ミントの味がして妙に腰がゾクゾクした。この人は潔癖すぎて変態なんだと思って興奮した。

「でも、怪我したまま料理したら信じられないって振られちゃって」

「怪我って」

「包丁で少し指を切って。そこに絆創膏巻いて、そのまま餃子作ってさ。そしたら翌日吐き気が酷いって大騒ぎ。向こうのお母さんからも電話かかって来て、そのまま罵倒(ばとう)されてさよなら」

「なんですかそれ」

「本当に、なんだよそれって思う。でも思ったよりダメージが大きくて。もう綺麗にしてる必要なんてないのに、染み付いててダメなんだよね」

綺麗であることは悪いことではない。けれど私はあまりにも囚われすぎている。扉は開け放たれたのに檻(おり)の中にい続ける馬鹿な動物みたい。

「ゆりさんの綺麗好きってそんなところからきてたんですね」

木下君は唸(うな)りながら芝生に手足を投げ出した。

「あ、今日、月が綺麗ですよ」

木下君が指差した方を見ると、木の葉っぱにくっつくようにうすはりの三日月が浮かんでいた。

「本当だ」

「俺思うんですけど。引きずるのはしょうがないと思いますよ。だって、その人のことを好きだった自分でここまで生きてきたんですから。その気持ちは嘘じゃないわけですよね。だったら無理に忘れるんじゃなくて、その自分を好きでいてあげてくださいよ」

「好きだった自分」

「好きだった時間が長い分、その人が自分の体に染み付くんですよ。好きなもの、苦手なものもそうだけど。その積み重ねで俺たちは生きてるんだと思うんですよね」

私は彼との時間をどうにかして洗い流そうとしていた。でも染み付いた生活の流れはなかなか変えられなくて、そんな自分に嫌気が差した。昨日の餃子も絆創膏も、それに心を揺さぶられてしまう自分が嫌だった。そんなこと忘れてしまえたら楽だと思った。だけどそうじゃないと、目の前の木下君は言う。

積み重ねで私たちはできている。

「木下君は、嫌悪感を感じるものってあるの」

「えーなんですかね。まあ色々ですよ」

はぐらかされたまま私たちは少しの間月を眺めていた。少しずつ動いて木の陰に隠れていってしまう。ずっとそこにあるように思っていても、よく見れば進んでいる。夜が来て、朝が来たと思ったらまた夜が来る。

「ゆりさんも寝っ転がってみてくださいよ。芝生気持ちいいですよ」

夜風で冷えた芝生を触ってみる。チクチクしてるのに、芯はなくて柔らかい。さっきまでの私だったら寝転がらないだろう。だけど今の私なら。

「たまにはいいかもね」

思い切って体を預けてみた芝生は想像通り柔らかくて、少し湿っていた。息をすれば土の香りがすぐ傍にある。その匂いに一瞬体が強張(こわば)りそうになるけれど、目を閉じてさっきまで見ていた月を思い浮かべた。満ちたり欠けたり、巡っていたり。規則正しいけど、変化をしていく様子に心がほぐれる。欠けている月の上を絆創膏を貼ったあの女の子が可愛らしく走っている気がした。

「聞いてくれてありがとう」

「いえ。ちゃんとデスクの整頓の仕方教えてくれるんですもんね」

「厳しくてもいいのなら」

「望むところです」

そう言うと目が合って、同僚と夜の公園で芝生に寝転がってるなんて、あまりにも非日常な状況に可笑(おか)しくなってお腹から声を出して笑った。木下君はなんで私が笑うのかわからずに、驚いている。

「なんで笑うんですか。俺変なこと言いました？」

「秘密」

なんですかと不服そうに眉間にしわを寄せてこっちを見る姿も可笑しかった。

気がすむまで笑って、息を整えていると、今度みんなで餃子パーティーしませんかと、木下君が言い出した。

「餃子パーティー？」

「誰かの家でもいいし、餃子食べに行くでもいいし。餃子で楽しい思い出作りましょうよ。知ってます？　部長って実はめちゃくちゃ料理上手いんですよ。家に業務用の冷蔵庫があって、週末はいつも料理してるんですよ」

「なんでそんなこと知ってるの？」

「部長の家に行ったことあるからですよ？」

なんでもないことのように、凄いことを言ってのける人だ。私はこのどんな型にもはまることができる柔軟性が本当に羨ましく思えた。

「ね、そうしましょ。俺から部長に言いますよ。俺、餃子好きだし」

任せるよと言って、私は目を閉じて空気を胸いっぱいに吸う。草の匂いと、土の匂い。久しぶりに出会えた。嫌な気持ちはない。

好きだった時間が長いほど、好きだった体、時間と付き合っている。

好きじゃなくなった時間が長くなったら、私はきっとこの体に新しい好きとか嫌いを重ねて生きていくんだ。

オレンジの片割れ

奈津子は部屋のベランダから外を眺めていた。ぼんやりと遠くを見るのが好きなのだ。この部屋を選んだ決め手も、遠くを流れていく高速道路の車がミニチュアのようで可愛らしかったからだった。

「お菓子の車が流れてくみたい」

やりきれないことがあると、流れている車をひたすら目の中に映し込む。時折手の平をお皿のように平たくし、遠くの車を自分の手の上に走らせる。それにも飽きがくると今度は拳を握り車を捕まえようとする。けれどそんなことは到底無理で、奈津子の拳の端から何も知らない車たちが溢れ、流れていくだけだった。

五月の清々しい風が吹き抜けていく。その風が奈津子には疎ましかった。小さな車をどれだけ眺めても、この重苦しさはやり過ごせない。

彼女は何かを諦観し右手の爪先を見つめた。エナメルグリーンのネイルのラメが光を反射する。一つ息を吐くと、奈津子は自分の右胸と左胸のちょうど真ん中に右手の爪を差し込んだ。なんの抵抗もなく体は体を飲み込んでいく。ずぷずぷと。

指先に目的のものが触れ、彼女は右手を体から引き抜いた。エナメルグリーンの指先が掴んだのは半分に切られたオレンジ。みずみずしさの随分なくなったオレンジは彼女の手の中で頼りなくフニャリとしている。滴る果汁もどこへやら。果肉の一つ一つがぱさつき、しぼみ始めていた。

掴んだオレンジに力を込めそうになる。

これでもう何度目だろうか。

いっそ一思いに絞ってしまえばこの呪縛から逃れられるかもしれない。強く握ってしまおうかという衝動に駆られるも、今日もあと少しのところで踏み切れないでいる。情けなくて乾いた笑い声が漏れたが、風に流されて跡形も無くなった。

奈津子が小学生の時だった。英語の授業中に先生が「皆さんは運命の相手を信じますか?」とクラス全員に聞いてきた。幼い子供たちはその言葉は知っていても、信じているかどうかについては深く理解をしていなかった。多くの子供たちはまだ本当の恋を知らないからだ。

クラスの中でもませていた梨花が手を挙げる。

「赤い糸で結ばれてる人ってことですか?」

「そうだね。そうとも言うかな」

奈津子はちらりと自分の小指を確認した。姉が読んでいた少女漫画の中にもそんな言葉が出てきたからだ。この言葉を口にする時の漫画の中の登場人物は決まって小指を立てていた。それにどんな意味があるのかを彼女はまだ知らなかった。

「運命の相手のことをオレンジの片割れと言います」

生徒たちは口々に喋(しゃべ)り始める。どうして、なぜ、教壇に立つ大人に疑問を容赦なくぶつけていく。

「一つのオレンジを半分に切った時、その切り口とピッタリ重なり合う相手は世界でたった一人しかいないからです」

この時、奈津子や周りの生徒の何人かの中に、ぽこんぽこんと半分に切ったオレンジが生まれたのだった。体内にオレンジが宿ったと気がついた子たちは自分の体に起きた異変を感じ、皆同じように胸元をじっと見つめていた。

授業が終わった後、奈津子はこっそりと先生のもとへ駆け寄った。

「先生、私の胸の中に半分になったオレンジがあると思うの」

胸に心配そうに手を当てがい、そう耳打ちをすると、

「そのオレンジとピッタリ合う人がいつか現れるから、大切にしなさいね」

先生はニコニコと笑みを浮かべながら自らの右胸と左胸の間に指をためらいなく差し込んだ。ずぷずぷと指が体に吸い込まれ、手の平も見えなくなり、ついには手首まで体が飲み込んだ。奈津子は悲鳴をあげそうになったが、先生があまりにもニコニコしているので段々と「これはおかしなことではないのかもしれない」とどうにか落ち着きを取

り戻す。先生の体の中から出てきたのは、今にも果汁が滴り落ちそうな鮮やかな橙色のオレンジだった。奈津子は目を丸くしてそれを見つめる。実を覆う皮はワックスがけをしたように光り、果肉の粒の一つ一つがしっかりとしていた。つついただけで果汁が飛び散ってきそうなほどパンッと張っている。

「先生はもう半分を見つけたの？」

「もちろん」

「……私にも見つかるかな」

「もちろん」

「見つかるように、頑張るね」

「先生も応援してる」

先生は半分のオレンジを手にしたまま、左の手で奈津子の頭を撫でた。薬指には真新しい指輪がはめられていた。奈津子も真似をして自分の右胸と左胸の間に指を差し込むと、大きなマシュマロの中に沈み込んでいくように体に体が飲み込まれていく。

「うおおおお」

初めての感覚に思わず声を上げた。柔らかなゼラチン質の中に小さな異物を確認した。それを勢いよく引き出すと、中から出てきたのは半分に切られた橙色の小さな塊。

「私のは、みかんみたい」

先生はまだ小さいだけだと言った。大きくなればあなたのオレンジも立派になるからと。

奈津子はその言葉を信じていた。確かに大きくはなった。しかし、オレンジのみずみずしさはどこにもなく、収穫の時点で廃棄されてしまいそうな有様だ。あの頃の先生は今の奈津子より若かったはずだ。奈津子はもう三十六になる。

自分にオレンジが宿ったあの日からずっと、奈津子は運命のオレンジを持っている人物を探し続けていた。恋に落ちる度にこの人が運命の人かもしれないと心躍らせたが、結局オレンジの片割れと出会えていないのが現実だ。

そもそもオレンジの存在を信じていない人たちもいる。この世界には持っている人と、そうではない人たちがいるのだ。そういった人たちに出会うと奈津子は酷い悲しさに苛まれた。持っていない人はオレンジの存在を信じない。彼らの目には見えないのだ。自分の中にちゃんとあるというのに、どうしてこの人は私の言うことに耳を傾けてくれないのかと、それだけで恋心がさめてしまう。でもそんな想いは恋ではない。

もちろんオレンジを持たない彼らだってそれなりに運命を信じ、恋をし、人を愛する。結婚だってするのだ。

これまで付き合ってきた人たちの中に奈津子と同じようにオレンジを持っている男性もいた。お互いに胸の間からずるりとオレンジを取り出し、ピッタリ合うかを確認しようと試みる。その瞬間は、厳かで神聖なものに思えたが、形を合わせるまでもなく違うものばかりだった。色や大きさは目で見てわかってしまう。お互いの持っているものが探しているものではないとわかってしまうと、転がり落ちるように二人の空気はぎこちなくなっていく。

お互いが重なり合わないと知っていながらも、気持ちを優先し交際を始めることもできる。奈津子にもそういった時があった。やってみようと思ったのだ。彼女は時折、これまでとは違う方向に舵を取りたい衝動に駆られる瞬間がある。

表面上うまくいっても、楽しくても、少しでも合わないことがあるとお互いに「ああ、この人は運命の相手じゃないからだ」という考えがよぎる。だってオレンジが違うから。それが破綻へと繋がっていく。

片割れは見つかるかと尋ねた時、先生が放った「もちろん」という言葉を奈津子は信じたかった。なにがあったとしても。他の人たちのようにピッタリと合う片割れに出会えていないだなんて、勝ち負けでないとわかっていても負けのレッテルを貼られているようで居心地が悪かった。

奈津子は長い間考えてきた。ピッタリ合うオレンジの片割れを持った男性なんて本当はこの世にはいないのかもしれないと。私と出会う前にこの世から消えてしまった可能性もあるだろうし、もしかしたら他の国の人なのかもしれない。自分を慰める言い訳ばかり考えるが、時折魔が差したように、オレンジを持っていなければこんなに苦しむことはなかったのではないかと考えてしまう。持っていない人々は、片割れを探すわけではなく心の安らぐ相手を探している。自分もそうすればいいとわかっていながらも、奈津子はどうしても片割れを探すことを止められなかった。そんなことの繰り返しだった。探し求めるほどに傷が増えていく。切り傷ではなく刺し傷だ。今回の傷は体を突き抜けるほど深いものだ。

インターホンの音が奈津子の鼓膜を叩(たた)いた。気がつけば空はオレンジからラピスラズリへと色を変えはじめている。その境目を眺めながら腐っているみたいだとつぶやくと、もう一度インターホンに呼ばれる。慌てて玄関を開けると、そこには洋子(ようこ)が立っていた。

タイトなデニムにゆったりとした白のスエットを身につけた彼女の足元はスポーツサンダルだ。格好と同じくらい気取らない様子で洋子は手にしたビニール袋を奈津子へ渡した。ずっしりとした重さの袋の中にはウィスキーと炭酸が詰められている。

「差し入れ」

「ありがとうございます。あ。どうぞ」

おじゃましますと洋子は上がり込み、ワンルームの部屋を真っ直ぐに歩き開いたままの窓へと近づいていく。

「暮れてくね」

「この時期のこの時間って気持ちがいいですよね」

「そんな余裕のある状態かね君は」

奈津子は黙って机の上に酒の入った袋を置いた。ゴトンと音が鳴る。

洋子は奈津子が前に住んでいたマンションのお隣さんだった。

ある日突然、彼女は奈津子の部屋を訪ねてきた。「コーヒー切らしちゃって。一杯分貰(もら)えます？」と。

貰えることが当然だという顔をしていた洋子は、この時も格好も態度も全てが肩の力が抜けていた。そんな彼女を目の前に奈津子は怯(ひる)んだ。まだ東京に出てきたばかりで街にも慣れていなかった頃だったから余計にだ。

就職のために意を決して上京をした。母から「東京の人間は冷たいから自分の身は自分で守ること」と家を出る三ヶ月前から刷り込まれていたこともあり、洋子のあっけらかんとした態度にどうしていいのかわからなくなったのだ。彼女の地元でも隣人に足りなくなったものをもらうという習慣は廃れていた。

「あ、コーヒー飲まない人？」

「いえ、そういうわけじゃなくて」

「じゃあ、貰えます？」

これがきっかけとなり、洋子は月に一度奈津子の部屋を訪ねるようになった。切れたコーヒーを貰うために。

洋子は奈津子より六つ年上の女性だ。やけに身のこなしがスマートだと思ったら、彼女は数年前までアメリカで暮らしていたという。彼女が住んでいたアパートメントでは隣人同士で切れたコーヒーをお裾分けしたり、困ったことがあれば相談するようなコミュニティがあったようだった。奈津子にはそれが信じられなかった。彼女にとって馴染みの無い未知の土地で、自分とは別の言語を話す人たちの家を突然訪ねるだなんて、考えただけで胃を握りつぶされるような気分になる。

「奈津子ちゃんが住んでるこの部屋、前はプロレスラーのお兄ちゃんが住んでたんだよ」

奈津子の部屋で晩酌を共にするようになると洋子は奈津子に様々な話を教えてくれた。大家さんがそのプロレスラーとできてたけど、別れたから出て行ったとか。昔住んでたアメリカのアパートの隣人が薬の売人だったとか。でもその人はとても柔和な人物だったし、彼の選ぶコーヒーのセンスは抜群に良かったから捕まってしまった時は残念だったなどという、別世界の出来事のような話をしてくれる。彼女は豪快に飲み、豪快に食べる。あけすけになんでも話し、言葉の選択にも相手を推し量ることはない。

奈津子が恋に敗れる度二人で酒を酌み交わし、恋の供養をした。メモ用紙に相手の名前を書き火を付ける。灰皿の中で身を捩るように小さくなっていく紙を見ながら洋子はいつも十字を切っていた。「洋子さんってクリスチャンなんですか？」と奈津子が尋ねると、彼女はケロッとした顔で「いいや」と言って目を閉じ両手を組んだ。

マンションを出て行くと決めた時、洋子は送別会をしようと一晩中コールドプレイを爆音で流していた。奈津子はどの曲も知らなかったが、洋子が楽しそうにしているのでコールドプレイが好きになったし、翌日大家さんから怒られても、もう出て行くからと何も気にならなかった。

「次の家にも遊びに行くよ。いつでも呼んで」

「私も。洋子さんにはいつでも会いたいですから。次の家は気に入ってるけど、お隣が洋子さんじゃないのが残念です」

四年間お隣さんだった二人は、別れ際に初めて連絡先を交換した。


「元気か」

「元気だったら呼ばないですよ」

「そうね」

「酷いと思いません？」

「それ、本人に言ったの？」

「言えるわけないじゃないですかー」

そういうところだよ、と洋子は言った。

「まあまあ今回もその恋愛を我々で成仏させようではないか」

奈津子にとって今回の恋は見込みのあるものだった。相手とは三年の間多くの時間を共にし、海外旅行にも行った。親にも会わせてもらったのだ。けれど、彼は別の道を選んだ。奈津子の部屋で、奈津子がおろしたばかりのブラジャーを付け直しているときにそのことを告げたのである。

光は上半身裸のままベッドに横たわっていた。荒くなった息も落ち着き、うっすらと滲んでいた汗もすっかり引いた様子だった。彼は何度も枕のポジションを確認するように頭を動かしながら、視線は天井だけを見ていた。そんな様子を目の端で確認していた奈津子は着ていたUネックのロンTに袖を通し、「なんかあった？」と聞いた。光は何か言いたい時はじっと一点を見る癖があるからだ。

彼はずっと天井を見ていた。奈津子がベッドのふちに腰掛けると、体の向きを彼女の方に向け「大切な話がある」と言った。彼の表情はいつになく引き締まっていた。

奈津子はついにこの時がきたのかと思った。

これまでの経験を経て付き合う前にお互いのオレンジを見ることはやめるようにしていた。光はオレンジの片割れの存在を信じているし、彼自身も持っていることは付き合う前にきちんと確認をとっていた。

奈津子は口の中に急に溢れた唾を飲み下した。オレンジを見せ合うのか、もしくはもう一つ先の段階か。

「俺さ」

「なあに」

「結婚したんだ」

頭が真っ白になった。何を言っているのか全く理解ができなかった。今度は奈津子が緑色に染まった爪先を見つめる番になった。

「結婚したんだ」

光はもう一度同じ言葉をゆっくりと口にした。そうして「だからもう会えないんだよね」と。

彼には一年半前から付き合っている女性がいたらしい。その人と先日晴れて入籍したそうだ。今日はそのことをちゃんと話すつもりでやってきたが、いつものようにしてしまったことは後悔していると光は言った。彼は終始申し訳なさそうにしていた。

「私は?」

「え?」

「私たちって付き合ってたんじゃないの?」

「え?」

「私たちって、付き合ってなかったの?」

たっぷりとした間の後、光は違うと言った。

「俺たちもいい大人だから、そういう関係だと思ってたんだけど」

「でも……」

「でも付き合おうって言われてないし」

この上なく惨めだった。腹が立った。相手にも自分にも。目の前の男は「いい大人だから」と言った上で、「付き合おうって言われてないし」などという高校生のような言い訳を口にしたのである。勘違いをしていた自分に対し、目を瞑りたくなるほどの恥ずかしさに襲われた。

人を好きになるのであれば、責任を持って、誠意を持って接して欲しかったのだ。少なくとも奈津子はいつもそうしていた。別れる時もいつだって相手に敬意を払ってきたつもりだ。

そのまま二人は静かに別れた。もう会えないと言ったのに、光は別れ際に「またね」

と言った。奈津子は扉を閉めてすぐにわざと音が鳴るように荒く鍵を閉めた。

「こういうことはさ、する前に言わないとだめだよ」

玄関でうずくまり、そのまましばらく動けなかった。

「あんなザ文系って顔して、あいつもやるねえ」

「感心しないでくださいよ」

「ごめんごめん」

「私だって本当は酷いって言いたかったですよ。でも言えなかったです。それが人間ってもんです。相手を傷つけるのをわかりながら言葉をぶつけられないです」

「私はぶつけるけどな」

「洋子さんはぶつけますね」

「昔付き合ってた男とも取っ組み合いの喧嘩したしね」

「その声全部聞こえてたから知ってます」

「そうだった。相手を傷つけるからって言葉を飲み込んでも、結果自分が傷つくなら自分を守ってあげないと」

「そう、ですね」

洋子はへらへらと笑いながらハイボールを作っていく。グラスに氷を入れ、ウィスキーを濃いめに入れる。二つ並んだグラスの奈津子に渡す方だけは酒の量が少なくなっていた。炭酸水でウィスキーを薄めマドラーがわりのコンビニの割り箸でよく混ぜた。炭酸の気泡が飛び跳ねて机を濡らしていく。

「言われちゃったんですよね」

「ん？」

「結婚相手もオレンジ持ってたんですって。ピッタリだったって。これからは彼女を大切にしたいんだって」

「どの口が言ってんだよ」

ですよね！　と奈津子は大きな声をあげて、洋子の作ったハイボールに口をつけた。

「薄いです」とウィスキーを容赦なく継ぎ足していく。そんな様子を洋子は眉を下げて見つめていた。

「大切にしてんなら、オレンジがピッタリ合った段階で切ってくれよって話で。こっちはそんなことも知らないで、三年も無駄にしちゃったんですよ。三十三からの三年間。そう思うだけでぐったりしますよ。なんの為の時間だったのかって。大切にしたいっていうけど、そもそも私との関係を並行していた時点で全っ然大切にできてない！　しかも最後に一緒に食べたご飯、今ダイエット中だからって、ブロッコリーと鶏胸肉の盛り合わせですよ。もうこれからブロッコリーと鶏胸肉見る度にこのこと思い出しちゃう気がして最悪ですよ。好きな人と食べるべきじゃない最後の食事ランキング堂々の一位ですよあれ」

「ブロッコリーと鶏胸肉には罪はないから嫌わないであげてくれよー。まあね。でもさ、おかしいとは思わなかったの？　三年間付き合ってるって奈津子ちゃんは思ってたわけでしょ」

奈津子は一つもおかしいとは思っていなかった。出会ってから急激に盛り上がり、男女の関係になった。それから週に一度は光と会っていたし、連休は旅行にいったりもしていたのだ。普通のカップルのように過ごし、親にも会わせてもらった状態で、どこが付き合ってないと言えようか。これが奈津子の言い分だった。

「なんで週一だったの？」

「若い頃みたいにベタベタするのも変かなと思ってたんで。それに向こうが会いたがるのが週に一回だったから」

「毎回してたの？」

「げっ」

「いや、ここ大事な部分だから」

「……まあ」

「泊まったりは？」

「することもありましたけど、基本的には帰ってましたよ。でも会うと絶対するから私愛されてるって思ってたんですよ。これまでそんなことってなかったし」

「ちょっと傷つく言葉かもしれないけど、セフレだったら毎回会ったらするはありえるよね」

奈津子は返す言葉がなかった。左半顔が硬直する。

「止めてくださいー」

「いい、あいつとの関係をこうして繙(ひもと)いて分析することで、相手がいかにクズだったかが浮き彫りになるんだから。それと自分の反省点も。それを次に繋げりゃいいのよ。人生傷に傷を重ねてくんだから」

「うう」

「親にはどうやって会わせてもらったの？」

「二人でご飯行こうってなった時に、向こうの両親が東京に来てるから一緒にご飯食べない？　って流れで」

「その時どんなふうに紹介されたわけ？」

「……そういえば、友達って言われたかも。でもその時はまだ結婚の話も出てないし、突然彼女って紹介しにくいのかな、なんて思ってたから」

「奈津子ちゃん、そういうところだよ」

洋子はまた同じことを奈津子に告げた。奈津子は溢れそうな濃いハイボールを喉を鳴らしながら飲んだ。一気飲みしようと試みたが、強いアルコールが顔の内部をガツンと刺激し、情けない声が出た。それでも食らいつくようにグラスの中身を飲み干した。

「恋してる時って変なんだよ。なんでも都合よく解釈しちゃうか、なんでもマイナスに考えちゃうか。極端で、自分の中で白黒つけないとやってられない」

「そんなに極端ですかね」

「でも実際に奈津子ちゃんはいい方にいい方に解釈してたわけでしょ」

「まあ、確かに」

「冷静な時なら疑問に対して踏み込むって選択肢も生まれたんだと思うよ」

「冷静にですか」

「もうさ、オレンジのことは忘れなよ」

そう言って洋子はビーフジャーキーを嚙(か)みちぎる。ブチリという音が部屋のなかで異質に響いた。

洋子もオレンジを持っている。でも彼女はこんなもの不必要だと感じている。片割れがいたらそれは素敵なことであるが、必ずしもそれが人生の全てではないと思っていた。自分の中にオレンジが生まれた時、洋子は煩わしいものを背負ってしまったと感じたのだ。

洋子は自分の右手を右胸と左胸の間に差し込んだ。ずぷずぷと指が体に飲み込まれていく。奈津子はその様子をじっと見つめていた。洋子がオレンジを持っていることは知っていたが、見るのは初めてだった。体からずるりと出てきた右手に掴まれていたのは、クシャクシャになった橙色のものだった。

奈津子はえっと小さく声を漏らす。

「もういらないと思ってさ、随分昔に絞ったんだよね」

「絞ったって……」

オレンジを持っていることが運命の十字架を背負っているようにしか洋子には感じられなかった。

「こうしちゃったらさ、すっごい楽になったの」

「大丈夫だったんですか？」

「大丈夫って？」

「痛いとか、苦しいとか。あと……もう運命の人に会えないんじゃないかとか、考えないんですか」

「運命とかそりゃあったら素敵だけどさ、自分で選んで生きたいから。いる場所も、会う人も、全部。それに、私と奈津子ちゃんだって別にオレンジが合うわけじゃないけど、もうずっと仲良くしてるじゃない。そういうことだと思うんだよね」

そう言って、洋子はおつまみののったテーブルの上に絞り切ったオレンジの皮を投げ捨てた。

「あ、絞ったのはね、飲んだけど、うまかったよ」

そして声をあげて笑った。

奈津子の指先がピクリと動いた。自分の抱えた呪縛から逃れて味わう果実はどんな味がするだろうか。甘いのか、苦いのか、酸っぱいのか。体の中を酒のようにすんなりと通るだろうか。まるで何かの生き血を飲み込むような気持ち悪さがあったりはしないだろうか。

「楽になりましたか?」

「楽って」

「心持ちとか」

「どうだろ。人それぞれだと思うけど。私は煩わしいものがなくなったって感覚かな」

奈津子もその煩わしさを感じているのだ。それと同時にまだ運命を信じたくもある。彼女は間で揺れていた。自分の中に生まれたこの果実を一体どうするべきなのかを。

しかしこれまで踏み切れなかったのだ。自分の中にあるオレンジの存在を煩わしいと感じながらも、手放すという決断を。それは突如生まれたものではあるが、目や耳や鼻と同じように体の一部だと信じていた。体の一部は傷つけば痛みを伴うものである。オレンジだって絞ったり切ったりしてしまえば、それ相応の痛みが伴うものだと当然のように考えていた。

奈津子の心は傾き始めている。信じていたけれど、信じた分だけ自分を裏切ってきたこのオレンジを手放すことに。

大切にしたいから。光はあの時そう言った。

誰かを傷つけてまで大切にしたいものが奈津子にはあるだろうか。

彼女は自分の右手を右胸と左胸の間に差し込んだ。爪先から簡単に指が体に吸い込まれていく。初めて手を入れた時と同じ、生暖かいマシュマロに手を差し込んでいるような感覚が指先を包んでいく。母親の体内にいた時もこんな柔らかな空間に守られていたような気さえする。奈津子は自分の魂の分身を抜き出した。

相変わらずオレンジは水気がなく、頼りない姿で彼女の手の中にある。洋子はマジマジとオレンジを見て、元気がないねと言った。心が潤っていればオレンジもみずみずしく保たれるはずなのだ。奈津子の心が疲弊していればいるほど、オレンジも傷み始める。

「自分の心持ちですもんね、結局」

「選択、かな」

「はい」

奈津子は手にしたオレンジにゆっくりと力を込めていく。下の方から皮がたわみ僅かにぎゅううっという音が漏れ出る。空になったハイボールのグラスに、奈津子の手をつたいポトリと一滴、雫が落ちた。透き通るような柑子色だった。

自分の中身を射貫かれたような衝撃があった。真空に一瞬で引き込まれるような強いものだ。痛みではなく、意識が広大な宇宙のなかに放り込まれた気分。痛みはない。それが何よりの不思議だった。

もう少し力を込めると、ぼたぼたと果汁がグラスの中へ落ちていく。ひと思いにと一気に力を込めると雫は一本の線になりまっすぐに落ちていく。ことととと、という細い音が鼓膜を揺さぶる。奈津子は思わず唇を舐めた。

手の中に残ったのは絞り尽くされた皮だけ。ぐにゃりと歪み、潰れた果肉が内側の白いアルベドにへばりついている。奈津子はそれを机の上に放った。

ぺしゃんと転がった奈津子の皮は、洋子の皮と隣り合わせに並んでいて、二つは同じようにも見えた。

「洋子さんのオレンジとお揃いみたい」

奈津子はグラスの中に薄く溜まった柑子色の液体を眺める。舌先が落ち着かず、歯の裏側をなぞってしまう。口の中が乾いている気がし、奈津子は生唾を飲み込んでグラスに手を伸ばした。

「アダムとイヴみたい」

洋子はそう言って笑っている。禁断の果実に口をつければどうなってしまうだろう。
奈津子はグラスに口づけをし、ゆっくりと傾けていった。

あとがき

取材などで「どうして小説を書こうと思ったのですか?」と聞かれるたびに「もともと物語を書くことは想像もしていなかったことです」と話している。小説を書くという挑戦は、人に導かれて見つけた扉だと思っている。

エッセイや書評などを読み、長年ついてくれているマネージャーさんが「小説を書いてみないか」と提案してくれたのが始まりだった。それから、ショートショートを書き、私の書いた文章を手に、マネージャーさんは出版社を回ってくれた。そうして縁があったのが集英社である。

こうして、私は小説を書くことになった。自分でも驚いている。

初めて小説を書くのに出版がほとんど決まった状態であることは、とてつもないプレッシャーだった。正直書けるなんて思ってもいなかったし、書き方だってわからなかった。これまで読んできた小説たちを思い出し、どんな風に物語が紡がれているかを考え、改めてたくさん本を読んだ。

書いたものを提出するのは酷い緊張が伴った。ダメだと言われたらどうしよう、こんなもの本にできないと言われたらどうしよう。考えれば考えるほど気持ちが不安定になったし、自己評価を下げ続けていたが、私を担当してくださっている三人の素晴らしい編集者さんたちのサポートがありこの『カモフラージュ』という短編集は完成した。周りの人達の協力が無ければ完成しなかった一冊だと心の底から思っている。

書けないと嘆く日に「そういう時は少し離れてもいい」と言ってもらえたこと。

書き上げる度に、作品がもつ個性をさらに伸ばすアドバイスをもらえたこと。

タイトル会議の時に、「カモフラージュ」というタイトルに対し、いつも寡黙な編集Nさんが満面の笑みを浮かべてくれたこと。

作品を作ることは、子供を産むようだと言うが、完成した時本当にそうだと感じた。まだまだ拙い部分も多いが、これからも書くことは続けていきたい。そして発表した作品が誰かの手に届き、その人なりの解釈で、作品を育ててもらえたらこんなに幸せなことはない。

小説を読みましたと言ってもらえると、とても嬉しい気持ちになるし、まさかそんな日が来るなんて、とも思う。本を書いたことで新たな出会いが生まれている気がする。

文庫化にあたり、改めて自分の書いた作品たちを読み返すと、当時の自分の心理状況が思い出された。

私の尊敬する方が、

「書きたいことはいつも一緒で、ずっと変わらず同じことばかり書いている。伝えたいことはそんなに多くはないのかもしれない」

というようなことを語っていた。本当にそうなのだろうかと疑問に感じていたが、恐れ多くも今はその意味がわずかにわかった気がしている。私が書いていることは同じようなことを違ったシチュエーションを持ち出し展開しているだけで、届けたい、感じてもらいたいことの核は実は同じ気がしている。

まだそんなに多くを書いていないが、これで大丈夫なのだろうかと不安に感じる。だからこそ多くのものに触れ、感じ、それを記憶しておくことが大切なのかもしれない。特に私は忘れっぽいから。

それにしてもあとがきというものはいつも緊張する。いいことなんて書けないし、小っ恥ずかしい。

私は今、おニューのブルーライトカット眼鏡を手に入れ意気揚々としている。新しいものには気分が上がるたちなのだ。これを武装し、ガシガシとまた作品を書けるよう、たくさん吸収し、頭の中で物語を培養する日々を過ごそうと思う。

またいつか、あとがきでお会いできる日を。

解説　なにを愛しても恐れない

彩瀬まる

読み終えて本を閉じたとき、胸に漠然とした恐れが漂っていた。なにかとても不穏で、鋭利なものに触れた気がした。たとえるなら指先をすぱりと切る、下ろしたばかりの紙の刃——いや、紙じゃない、紙なんてそんな角度次第で切れたり切れなかったりする不確かなものではない。もっと硬質で、触れるたびに同じ鋭さを感じさせる、金属。それも持ち手のついた刃物よりも注意が必要な、鋭さのある缶詰の蓋や、バリが残った鋼材の端。不用意に触れると、怪我をするもの。見つけてしまえば目が離せない、しんと光る無造作な刃に近接したときと同じ緊張と畏怖を、この本に対して抱いた。

舞台も設定もまるで異なる七つの話が収録された短編集だ。主要人物は会社勤めの女性や小学生男子、動画配信者の男性三人組、メイド喫茶の従業員など、幅広い。『カモフラージュ』というタイトルの通り、登場する人々の多くがなんらかの形で秘した一面を持ちつつ、当たり障りのない自分を演出し、平凡な目立たない人として周囲に溶け込んでいる。

第一話の「ハンドメイド」は本全体のタイトルと内容が明快に響き合う、入り込みやすい短編だ。主人公のあきこは、上司の男性と恋愛関係にある。逢瀬（おうせ）の日は甲斐甲斐（かいがい）しく手作り弁当を用意し、終業後に二人で落ち合うホテルの一室に持ち込んでいる。しかし二人の関係は公にできるものではなく、これ以上の発展は望めない。あきこの愛情は無機質なホテルの一室に堆積し、彼女自身を窒息させようとしている。

降り積もる愛情を『ピタゴラスイッチ』の仕掛けを通じて落ちてくるビー玉にたとえる著者のセンスが素敵だ。一粒ならば可愛（かわい）らしく、軽やかな音を立てて転がるビー玉も、山のように降り積もればたしかにいつか、ざらりと雪崩（なだ）れて人を殺すだろう。恋心、なんてこれまで数多（あまた）の小説で繰り返し手を替え品を替え表現されてきた感情を、こんなに真新しく説得力のある形で描ける人がいるのか、と胸が震えた。

冒頭から破綻を香らせていた二人の関係は、大筋の予想を裏切ることなく物語の進行とともに終わりを迎える。それはそうだろう。二股をかける浮気男なんて愛したって不毛だし、なんの未来もない。好きでいたって損をするだけだ、そう、彼女も分かったはず——そんな大雑把な理解をしかけた私は、「ハンドメイド」のラスト数ページにぞくりとした。

「好きだから」

もう一度、消えない印をつけるようにしっかりと口にした。（46p）

好きなのだ。彼女は。

関係性の善悪や立場の損得を鑑みたわけではなく、ましてや二股をかける相手に幻滅したわけでもなく、「好きだから」。これ以上行き場のない恋心が降り積もると自分が死んでしまうから、別れを選んだ。これまで自分が読んできた恋愛小説とは違う、未知の領域をまなざした物語を読んでいる感覚があった。

そして続く第二話の「ジャム」で、さらに驚いた。『カモフラージュ』とは世間に対して、自分の本当の姿を隠し、偽装する人々の話なのだと思っていた。しかし「ジャム」において、偽装していたのはむしろ主人公ではなく、世間の方だ。自身の口を裂いて真実が現れ出た際の、主人公の健太の体感が本当に素晴らしい。

目が僕の知らないところまで引き離されて、正しさを失くして、視界は見たことがないくらいに広がっていた。（64p）

著者の抜群の言語感覚と構成力が冴え渡った、宝石のような一文だと思う。狭く安定した正しい視界と、広々とした不安定で歪んだ視界。そのどちらを選んでも恐ろしい。そんな戸惑いがダイレクトに伝わってくる。

続く短編も粒ぞろいで、甲乙つけがたく楽しい。第三話の「いとうちゃん」、そして第六話の「拭っても、拭っても」は、世間の価値観を知らず知らず身の内に取り込み、自分に対して『カモフラージュ』をしていた主人公が、本当の自己、本当の欲求を獲得する話として読んだ。複数の人物が作中で偽装し、お互いに秘密を抱えている物語もいい。第四話の「完熟」の、互いに打ち明けないことを選んだ夫婦の静かな選択の凄み。第五話の「リアルタイム・インテンション」のすべてをさらけ出してしまった瞬間の恐ろしさと可笑しさ。個人的に特にのめり込んだのは、最終話「オレンジの片割れ」だった。自分の内部に秘めた運命をそっと指先で潰す瞬間の甘美さがたまらない。

全編を通して、やはりそこはかとなく怖い。特に各話の終わり方の切れ味の鋭さにいちいち驚いてしまう。時々文章にホラーのテイストがにじんでいるのも理由の一つだろうが、それだけではない。なぜだろう？　怖さと同時に、不思議な温かさも感じる。

温かさはおそらく、著者の「好意」の書き方から生まれている。

本作において、人々の「本当の姿」と「演じている姿」の分離は、なんらかの強烈な好意から発生することが多い。報われない恋、食べるという幸福、脳裏に焼きついた官能的な異性の姿、さらには、誰かの意向を汲んで受容される快感。それまでの自分をねじ曲げ、塗り替えるような「好きという感情」に出会ったら、それまでの自分と同じではいられない。ただ、その変革を周囲が受け入れ、理解してくれるとは限らない。だから隠す。自分の内部で特殊なことなどなにも起こっていないかのように装う。

著者の、そうした登場人物たちの強烈な好意を書く手つきはとても丁重だ。たとえそれが周囲から共感されにくい種類の好意であっても、一人の人間を大きく変える力のあるものとして、敬意を払って書いている。間違っても、世間的な善悪や損得でジャッジしたり、侮ったりしない。

そしてその好意の主導権は、それを好きになると決めた当事者にあるのだ、と念を押す。好きなものに心を奪われた、ではないのだ。それに心を捧げることを、彼ら、彼女らに、みずからの意志で選ばせている。

そういうものとして受け入れることにした。私が、だ。（134 p）

自分を変革するほどの熱量なのに、主導権を手放さない好意。それを自然と握りしめている『カモフラージュ』の登場人物たちは、実はとても強い。対象に深い深い愛情を捧げ、しかしそれが自分にそぐわないものだと感じたら、痛くとも迷わずにそこから去ることができる。堕ちること、腐っていくことを覚悟とともに選ぶこともできる。どんな結末であれ、彼ら彼女らはけっして、不幸にはならない。

そこまで考えてやっと、松井玲奈さんの物語に感じたそこはかとない怖さの理由が分かった気がした。『カモフラージュ』せざるを得ない好意であっても、選ぶことにためらいがないのだ。不利益を被ること、社会的に失墜すること、道義上の悪人になることを恐れている人がいない。好きになるのも、やめるのも、決めるのは常に主導権を持つ自分だ。他者や外界は、その判断に影響する力を持たない。

なんて自由なんだろう、と思う。その強靭な精神が生み出す広々とした景色に、私は一瞬怯み、そして見惚れた。

たとえ世界の誰にも打ち明けられないような愛情を抱いたとしても、怖がらなくていい。辛い目や、酷い目に遭うかもしれない。だけど自分が選んだ愛の結果なら、それは不幸とは違うものだ。そんな、迂闊に触れれば手を切りそうな、力強くも恐ろしい叱咤が物語から聞こえた気がした。

『カモフラージュ』の著者の松井玲奈さんを、日本に住む多くの人が知っていると思う。私も知っていた。国民的アイドルグループに所属していた彼女の姿や歌声を、その機会のすべてを認識するのが困難なほど日常的なレベルで享受し、その都度ときめきや華やぎを受け取ってきた。

だけどぜんぜん知らなかった、と私を含め、この本を読んだ多くの人が思っただろう。たびたび姿を見て、声を聞いてきた人の内部に、まったく自分の知らない領域があった。まるでこの本のような話だが、しかしこの本を読んだからと言って、松井さんを知ったことにはならない。第六話「拭っても、拭っても」のゆりのように、松井さんはきっとどんどん新しい好きとか嫌いを重ねて変わっていく。

変わり続ける怖くて美しい松井さんに、これからも何度でも出会いたい。俳優、そして小説家である松井玲奈さんの一人のファンとして、心からそう願っています。

（あやせ・まる　小説家）

この作品は二〇一九年四月、集英社より刊行されました。
文庫化にあたり、書き下ろしの「オレンジの片割れ」を加えました。

初出
「ハンドメイド」　単行本書き下ろし
「ジャム」　「小説すばる」二〇一九年二月号
「いとうちゃん」　単行本書き下ろし
「完熟」　単行本書き下ろし
「リアルタイム・インテンション」　「小説すばる」二〇一九年四月号
「拭っても、拭っても」　「小説すばる」二〇一八年十一月号

松井玲奈の本

累々（るいるい）

本当の私は、誰？
結婚、セフレ、パパ活、消えないトラウマ……。
すべて、柔らかな嘘。不穏さで繋がる5編を収
録した、たくらみに満ちた「恋愛」連作小説集。

集英社文庫

カモフラージュ

2021年5月25日　第1刷　　定価はカバーに表示してあります。

著　者　松井玲奈（まついれな）

発行者　徳永　真

発行所　株式会社　集英社
東京都千代田区一ツ橋2-5-10　〒101-8050
電話　【編集部】03-3230-6095
【読者係】03-3230-6080
【販売部】03-3230-6393（書店専用）

印　刷　凸版印刷株式会社

製　本　凸版印刷株式会社

フォーマットデザイン　アリヤマデザインストア　　マークデザイン　居山浩二

ISBN978-4-08-744244-1 C0193